AF602606

ANECDOTES
INÉDITES
POUR FAIRE SUITE
AUX MÉMOIRES
DE MADAME D'ÉPINAI;
PRÉCÉDÉES
DE L'EXAMEN DE CES MÉMOIRES.

« Il faut convenir qu'il y a des choses qui
» ne connaissent ni parens, ni amis. »
Mémoires de Mad. d'Épinai, t. 2, p. 91.

PARIS.

BAUDOUIN FRÈRES, LIBRAIRES,
RUE DE VAUGIRARD, N° 36, PRÈS LA CHAMBRE DES PAIRS;
A. EYMERY, LIBRAIRE, RUE MAZARINE, N° 30.

1818.

EXAMEN

DES MÉMOIRES

DE MADAME D'ÉPINAI,

CONSIDÉRÉS COMME MÉMOIRES HISTORIQUES.

Les *Mémoires* de madame d'Épinai devaient avoir tout le succès qu'ils ont obtenu : ils piquent la curiosité ; ils sont scandaleux ; ils détruisent des réputations ; ils calomnient les morts, médisent des vivans dont ils atteignent même la postérité en fixant sur elle des regards indiscrets.... En voilà plus qu'il n'en faut pour réussir ; ajoutons qu'ils sont écrits avec art, et que l'intérêt y est habilement ménagé. Contiennent-ils la vérité ? Telle est la question principale. Ce n'est pas qu'elle soit d'une grande importance pour un grand nombre de lecteurs qui ne cherchent que le plaisir et la distraction ; mais elle en a pour ceux qui aiment la vérité.

Ces Mémoires, annoncés *comme devant servir de correctif aux Confessions* de Jean-Jacques, n'avaient point altéré l'opinion que nous avions de Rousseau. Le *prétendu correctif* paraissait avoir manqué son effet, puisqu'en général il ne reste de cette lecture qu'une impression peu favorable au baron *Grimm*, quoique l'auteur ait évidemment eu l'intention d'inspirer à ses lecteurs une partie du tendre intérêt qu'elle lui porte. Il était permis de croire qu'on penserait comme nous, que les Mémoires offraient une lecture agréable et variée, mais en même temps que ce genre d'éloge était le seul auquel ils eussent droit. Ce n'est donc point sans surprise que nous avons vu des personnes d'un mérite incontestable ne point partager notre opinion, ajouter entièrement foi à l'auteur des Mémoires, et, sans prendre la peine de relire les pièces du procès, se contenter d'écouter et de croire celui qui parle le dernier. Il est de toute justice cependant d'entendre les deux parties : c'est dans ce but que nous avons fait un examen impartial et raisonné de ces Mémoires, ayant soin d'en éclairer les faits du flambeau de la critique, afin de mettre le lecteur en état de prononcer un jugement équitable. Procédons méthodiquement, et suivons une division naturellement indiquée : de l'examen des *Mémoires* nous passerons à celui des faits qu'ils contiennent.

§ 1. *Des Mémoires, de leur forme, de leur contexture, de l'auteur, de l'éditeur, du but proposé, des moyens pour y arriver.*

D'abord il faut savoir en quoi consistent ces *Mémoires ;* si madame d'Épinai en est l'auteur ; s'ils sont publiés dans l'état où elle les composa ; dans quelles mains ils ont passé depuis l'époque de sa mort, c'est-à-dire *pendant l'espace de trente-cinq ans* (1) ; pour quels motifs enfin l'on a si long-temps attendu. La première de toutes les questions serait relative au degré de confiance que devrait inspirer madame d'Épinai, en supposant qu'elle eût elle-même publié ses Mémoires dans l'état où nous les connaissons, car elle est *partie principale* et *non intervenante* au procès ; mais nous nous contentons de rappeler cette circonstance, parce que c'est de l'ouvrage qu'il est question, et qu'elle n'a point eu la prétention de faire des *Mémoires*. Voyons donc en quoi consiste ce qu'on a publié sous ce titre. On sent bien que, dans cette recherche, nous n'avons à notre disposition que les *Mémoires imprimés*, et que nous ne savons, sur les pièces originales, que ce

(1) Madame d'Épinai mourut au mois d'avril 1783 ; ses Mémoires n'ont été publiés qu'en 1818. Ils sont *censés* écrits de 1746 à 1759. Il y a donc à peu près de 60 à 72 ans que les événemens se sont passés, et que les pièces dont se composent ces Mémoires sont supposées avoir été écrites.

que l'éditeur veut bien nous en dire. Mais cela suffit pour mettre le lecteur en état de juger.

Grimm rapporte que madame d'Épinai n'a *laissé d'autre ouvrage qu'une suite, encore imparfaite, des conversations d'Émilie, beaucoup de lettres, et l'ébauche d'un long roman.*

Voilà, je pense, une assertion bien positive, et qui mérite d'autant plus de confiance, que Grimm était seul possesseur de ces *lettres nombreuses*, de cette *suite imparfaite*, de cette *longue ébauche*, et que, de l'aveu même de l'éditeur, il n'y a point eu d'autres matériaux pour *faire* les Mémoires.

« Ce roman n'est autre chose, dit-il, que les Mé» moires de cette dame.... Arrêter un plan, trouver » une action principale et créer des personnages » étaient des choses, à ce qu'il paraît, au-dessus de » ses forces. Il lui parut plus simple, et surtout plus » facile, d'écrire sa propre histoire, d'y faire entrer » celle de plusieurs personnes de sa société et même » de sa famille, en prenant seulement la précau» tion de substituer de faux noms aux véritables. »

L'éditeur rend aux principaux personnages de ce roman les noms que leur avait ôtés l'auteur, et sous lesquels ils étaient connus ; mais la restitution n'est pas complète, et plusieurs restent avec leurs noms supposés. Il fait une remarque à cette occasion.

« Peut-être ne nous eût-il pas été impossible de « lever entièrement le voile : mais nous avons jugé « qu'il ne convenait pas de porter plus de lumières

« dans cet ouvrage. Pourquoi donc, nous dira-t-on, « n'avoir pas toujours usé de la même discrétion? « C'est, répondrons-nous, qu'elle eût été inutile « en général, puisque déjà du vivant de l'auteur « le secret de son roman, *comme nous le tenons de* « *bonne part*, était devenu le secret de la comédie, « par l'empressement qu'il mettait à le faire lire à « toutes les personnes de sa société. »

Il est permis de demander si l'éditeur est bien certain de n'avoir point commis d'erreur en rétablissant les noms; et si Duclos vivait, il serait personnellement intéressé à faire cette question, étant représenté dans ces prétendus Mémoires sous un jour odieux; mais il n'y avait aucun motif pour ne pas nommer tous les autres peronnages; et, puisque la *chose n'était pas impossible*, le lecteur aurait été plus satisfait de faire connaissance avec tous les acteurs du *long roman*. On peut regarder comme une excuse adroite, une sorte de précaution oratoire, le motif de l'indiscrétion commise envers les personnages nommés ou leur famille. Ce motif consiste à dire que ce secret était devenu celui de la comédie, parce qu'on *tient de bonne part* que l'auteur faisait lire son roman à toutes les personnes de sa société. Mais dans sa préface l'éditeur oublie ce qu'il a dit, pag. 292 du 3e. volume, à la fin des Mémoires, que madame d'Épinai *passa les vingt dernières années de sa vie* (c'est-à-dire depuis son retour de Genève, époque où se terminent les Mémoires, jusqu'à sa mort) *seulement au milieu d'un petit nombre d'amis*.

Ainsi *toutes les personnes de sa société*, à qui madame d'Épinay *aurait été si empressée de faire lire son roman*, se réduisent à un *petit nombre d'amis*, c'est-à-dire à Grimm, à Diderot, à madame d'Houdetot, à Saint-Lambert, au baron d'Holbach, au marquis de Croismare (car l'éditeur les nomme tous), qui tous connaissaient d'autant mieux les aventures du roman qu'ils y jouaient un rôle.

Il est essentiel de remarquer que le manuscrit de ce roman, d'où les Mémoires sont tirés, a deux mille trois cents pages in-4°; et il est difficile de concevoir *l'empressement de faire lire* une ébauche si volumineuse, la patience nécessaire pour la lire; et, quoiqu'en pense l'éditeur, nous ne pouvons nous empêcher de communiquer nos doutes, qui ne doivent par être pris *en mauvaise part*, puisque nous convenons que, vrais ou romanesques, les Mémoires sont piquans, pleins d'intérêt, et que nous ne les considérons que relativement au degré de confiance qui leur est due comme *historiques*.

De ces 2300 pages in-4°., l'éditeur en a tiré 1091 in-8°., les mémoires finissant à la page 291 du 3e. volume : enfin sur les 1091 pages il y en a 535 occupées par le texte, et 556 par la correspondance.

Nous appelons texte le récit fait, tantôt par madame d'Épinai sous le titre de Journal, tantôt par son tuteur, M. de Lisieux, à qui elle fait raconter ce qu'elle ne pouvait ou ce qu'elle n'était pas censée pouvoir dire elle-même ; car, dans ce roman, il y a un tuteur, quoique la pupille s'émancipe souvent. Ce texte est si fréquemment interrompu par des lettres écrites ou reçues par l'héroïne, que souvent il semble ne servir qu'à conserver entre ces lettres la liaison nécessaire.

Ainsi ces Mémoires se composent d'un journal, d'un récit, de lettres, de fragmens, de portraits, de scènes dialoguées : ce qui répand dans l'ouvrage une grande variété.

Les lettres font-elles partie du roman, ou l'éditeur a-t il fait un choix dans le grand nombre de lettres dont parle Grimm, et qui sont distinctes de la *longue ébauche*? l'éditeur peut seule répondre à cette question. Dans cette supposition, les 2300 pages in-4° se réduiraient à 535 pages in-8° ; nous devons faire remarquer que plusieurs de ces lettres étaient imprimées depuis long-temps.

Telle est la contexture de l'ouvrage que nous examinons ; c'est l'*extrait d'un long roman*, dans lequel l'éditeur présume que, *sous des noms supposés*, madame d'Épinai faisait sa propre histoire. Cette dame n'a point donné le titre de *Mémoires* à cette ébauche : c'est l'éditeur. Grimm qui en a été propriétaire pendant vingt-quatre ans, Grimm, le principal acteur, traite l'ouvrage de *Roman*; son témoignage doit être compté. Ce sont autant d'articles convenus, puisque nous ne faisons que répéter ce que dit l'éditeur. Mais il fallait le rappeler aux lecteurs qui connaissent les prétendus Mémoires, et l'apprendre aux autres.

Les *Mémoires* sont donc sensiblement altérés, ou plutôt, on a donné ce titre à l'extrait d'un roman : circonstance suffisante pour diminuer le degré de certitude auquel ils auraient droit, et pour les classer au-dessous des Mémoires historiques proprement dits.

Avant de passer à leur contenu, il importe de répondre à une accusation, ou plutôt à un soupçon injurieux de l'éditeur. Il est assez grave pour mériter un examen particulier.

Autant le doute est utile et légitime en matière d'histoire et de critique, autant il est nuisible et perfide quand on s'en sert pour attaquer les réputations et les détruire.

L'éditeur, en annonçant qu'il possède soixante lettres de Rousseau, fait cette réflexion : « Il ne « faut pas oublier que c'est d'après les originaux « mêmes de Rousseau que nous publions ses lettres : « si quelques-unes, déjà imprimées, diffèrent des « nôtres d'une manière assez remarquable, on en « doit conclure que Rousseau refaisait ses lettres « sur les minutes qu'il en gardait. »

L'éditeur, par ce doute, fait entendre que la différence existe : il lui était facile de le vérifier, conséquemment de le constater. Il semblait en quelque sorte s'y obliger, puisqu'il annonce ne pas vouloir *priver madame d'Épinai des moyens de se faire entendre à son tour*, et que le but évident de la métamorphose d'une *ébauche de long roman* en mémoires très-intéressans était d'atténuer l'effet des Confessions contre cette dame et Grimm. Rien n'était plus propre à faire parvenir à ce but que de publier des lettres écrites de la main de Jean-Jacques, *différant d'une manière assez remarquable* de celles qu'il prétend avoir écrites, et de montrer cette différence : l'éditeur ne l'a point fait : j'en *conclus* que cette différence n'existe pas. Comme il ne nous dit point que les Mémoires contiennent *toutes* les lettres dont il possède les originaux, nous ne pouvons vérifier l'accusation qu'en confrontant celles qu'il ajoute aux Mémoires avec les mêmes lettres déjà publiées. Nous l'avons fait ; la différence n'existe pas. (1) Quand même elle eût existé, la conclusion que l'éditeur se hâte d'en tirer en la prescrivant comme un devoir, ne serait rien moins que légitime, puisqu'elle porte sur une fausse supposition : c'est que Rousseau *faisait toujours des minutes, les gardait et refaisait ses lettres sur ces minutes*, suivant les circonstances.

De bonne foi, peut-on, je ne dis pas croire, mais soupçonner et vouloir même insinuer que ce-

---

(1) Voyez Pièces justificatives, n° 1

lui-là *refaisait ses lettres sur ses minutes*, qui n'a pas quelque fois gardé de minutes des lettres les plus essentielles à son repos ou à sa gloire ? J'en citerai quatre principales ; ce sont celles à M. de Malesherbes, faites sans interruption, sans notes, sans recherches, sans soin, et dans l'effusion d'un cœur plein de sentimens doux et pénibles. *Ces quatre lettres ont été faites sans brouillon, rapidement, à trait de plume et sans même avoir été relues : on en trouvera dans mes papiers la copie qu'il en fit faire à ma prière, et qu'il m'envoya quelques années après.* (1)

Également pressé par l'état de sa santé, dont il s'exagérait le danger au point de se croire alors au dernier moment de sa vie, et entraîné par cette imagination, créatrice et souvent trompeuse, qui peignait Jean-Jacques à Roussseau comme un objet d'horreur à ses contemporains, l'auteur d'*Émile* envoya donc ces quatre lettres, dont il redemanda et obtint une copie. Ce fait est consigné dans ses *Confessions*, à la publication desquelles le vertueux et infortuné Malesherbes a survécu assez de temps (la première partie avait paru dix ans et la seconde cinq ans avant sa mort) pour confondre Jean-Jacques, et changer sur son compte et d'opinion et de langage.

Nous devons tous désirer de connaître la vérité

(1) Confessions, liv. XI.

et les faits dans leur exactitude ; on ne peut croire, *sans preuves positives*, que Jean-Jacques ait refait ses lettres sur des minutes ; occupation qui ne se conciliait pas avec sa paresse ; combinaison qui suppose un sang-froid qu'il était loin de posséder ; accusation enfin qui paraît pour la première fois, et que n'ont point faite ceux qui avaient le plus grand intérêt à la faire, particulièrement ce *baron* de Grimm, *le seul homme qui lui ait fait connaître la haine*, et qui a survécu trente-neuf ans à Rousseau dont il a vu publier les ouvrages sans réclamation. Il aurait eu en sa possession les lettres que l'éditeur a maintenant dans la sienne, sans en faire aucun usage, quoique leur publication eût démontré que Jean-Jacques était un imposteur!

Non, Rousseau n'a point *refait ses lettres sur ses minutes* : mais ce qu'on a fait ou refait avec beaucoup d'art et de talent, ce sont les *Mémoires*. (1)

---

(1) Jean-Jacques, au commencement du septième livre de ses *Confessions*, s'exprime ainsi : « Je puis faire des omissions dans » les faits, des transpositions, des erreurs de dates, mais je ne » puis me tromper sur ce que j'ai senti, ni sur ce que mes senti- » mens m'ont fait faire, et voilà principalement de quoi il s'agit... » Il y a cependant, et très-heureusement, un intervalle de six à » sept ans dont j'ai des *renseignemens sûrs*, dans un recueil trans- » crit des lettres dont les *originaux sont dans les mains de M. du* » *Peyrou*. Ce recueil, qui finit en 1760, comprend tout le temps » de mon séjour à l'Hermitage et de ma grande brouillerie avec » mes soi-disant amis, époque mémorable dans ma vie, et qui fut » la source de tous mes malheurs. » Ainsi, par un hasard très-

On a dit, et l'éditeur répète, que Jean-Jacques avait assez long-temps parlé seul dans sa propre cause. Qui donc empêchait Grimm et madame d'Épinai de parler dans la leur ? Tous deux ont survécu à Rousseau, tous deux sont morts sans répondre un mot.

La première partie des *Confessions* avait paru deux ans avant la mort de madame d'Épinai. Elle devait d'autant mieux être avertie qu'il serait question d'elle dans la seconde, que Jean-Jacques en avait fait plusieurs lectures devant un assez grand nombre de personnes. Son rang et sa fortune devaient la faire connaître, au moins de nom, de Le Mierre, de Dorat, de Cubières, de la comtesse d'Egmont, de la marquise de Mesmes, du marquis de Juigné, de Dusaulx, de Pesay, du P. de Pignatelli qui assistèrent à cette lecture. Elles avaient entendu ces paroles : « J'ai dit la vérité : si quel-« qu'un sait des choses contraires à ce que je viens « d'exposer, fussent-elles mille fois prouvées, il « sait des mensonges et des impostures ; et *s'il refuse « de les approfondir et de les éclaicir avec moi*,

---

heureux et propre à éclairer l'éditeur des Mémoires, cette partie des *Confessions*, qui comprend les relations entre Jean-Jacques et madame d'Épinai, est celle qui réunit tous les caractères de la certitude, puisque les lettres originales qui constatent les faits et leurs dates existent. Du reste, en lisant ce récit dans les *Confessions*, en le comparant à celui des *Mémoires*, il est impossible de se méprendre.

« *tandis que je suis en vie, il n'aime ni la jus-*
« *tice ni la vérité*. (Confess., à la fin). »

Cet énergique appel fut fait à deux reprises différentes, six ans avant la mort de Jean-Jacques ; non-seulement Grimm et madame d'Épinai ne demandèrent pas *d'éclaircissement*, mais ils se sont tus pendant leur vie, et quand Rousseau n'était plus.

Pourquoi Grimm, bien plus gravement inculpé que madame d'Épinai, Grimm que nous devons raisonnablement supposer avoir été son dernier amant, Grimm dépositaire de ses secrets et de ses manuscrits, si personnellement intéressé à prendre à son tour la parole dans cette cause, a-t-il gardé le silence? C'est qu'il n'avait rien de bon à dire, car il a eu, nous le répétons, trente-neuf ans pour répondre. N'ayant donc rien à dire, parce qu'il fallait des preuves, ou tout au moins un fait, un seul fait positif, il s'est renfermé, lui, dans une accusation vague (1), perfide, qui laisse à l'imagination un champ vaste à parcourir sans qu'elle puisse se fixer sur rien.

Comme Grimm fait cause commune avec madame d'Épinai, il faut achever son article. On a coutume de dire que, dans sa volumineuse *Correspondance littéraire et philosophique*, il tient toujours un langage honorable sur Jean-Jacques. Il faut dis-

---

(1) Voyez Pièces justificatives, n° 2.

tinguer : cette observation est fondée toutes les fois qu'il est question des ouvrages et du talent de Rousseau, quoique l'éloge soit rarement sans restriction. Grimm avait du goût, il était bon critique ; il raconte en homme d'esprit, fait ressortir le ridicule avec art ; et comme il écrivait toujours pour un souverain dont il était le *ministre de littérature*, et à qui il rendait compte de la nôtre, des anecdotes du jour, de l'analyse des ouvrages nouveaux, il mettait du soin dans ses recherches et dans son style. Il n'a pu manquer à la bonne foi, ne pouvant contester le talent de Rousseau. Mais, cet article à part, toutes les fois qu'il s'agit de sa personne et de ses opinions, il exerce la critique dans toute son étendue et sans y mêler aucun éloge.

Grimm, avec tant d'intérêt de détruire, ou tout au moins d'atténuer l'effet des *Confessions* en avait une belle occasion dans les *Mémoires de madame d'Épinai*, si ces Mémoires eussent été ce qu'ils sont aujourd'hui. S'il avait cru pouvoir tirer parti, pour sa défense, de l'immense recueil dont il était possesseur, si ce recueil eût contenu des renseignemens précieux pour sa cause (et vraisemblables au moins s'ils n'étaient pas vrais), ne les en aurait-il pas extraits pour les publier ? Bien loin de le faire, il traite *d'ébauche de long roman* ce qu'on nous donne aujourd'hui pour des Mémoires ; il traite de roman un livre dans lequel il joue un des principaux rôles.

Le but qu'on se propose dans ces Mémoires est clairement indiqué. Le point de mire est Jean-Jacques qu'il faut faire passer pour un imposteur; tout ce qui peut conduire à ce but, d'abord indirectement en compromettant sa propre réputation, ce qui n'était pas un sacrifice si cette reputation était déjà très-hasardée, on gagnait la confiance par des aveux qui n'apprenaient rien au fond, mais qui, par des détails agréables, palliaient des vices que les qualités du cœur rendent aimables, que la bonté, la sensibilité, voilaient assez pour racheter ces écarts que l'on pardonne toujours, que l'on est disposé même à pardonner, quand ils sont, comme chez madame d'Épinai, accompagnés de charmes qui font tout oublier. Après avoir commencé par dire de soi tout le mal qui se concilie avec les qualités du cœur et les dons de l'esprit, et pour lequel on trouve aisément de l'indulgence, il fallait se diriger lentement vers le but, c'est-à-dire vers Jean-Jacques Rousseau.

Mais comme il avait un défenseur investi de l'estime publique, il était nécessaire de l'en dépouiller chemin faisant. On expédie donc Duclos (1) avant

---

(1) Quand on a des doutes sur la véracité d'un faiseur de mémoires, la meilleure manière de les vérifier est de confronter les faits avec les mémoires contemporains. Pour connaître la sincérité de madame d'Épinai, il faut consulter la *Correspondance de*

d'attaquer ouvertement Jean-Jacques? On ne combat que des morts ; ils ne sont plus là pour se défendre. Rousseau avait un ancien ami qu'il a toujours estimé ; quelques débats avaient troublé leur liaison sans l'affaiblir. Il entrait dans le plan profondément combiné de la rompre entièrement et de brouiller les deux amis ; de là le rôle de Diderot.

Telle est la marche savante, suivie avec art et constance, ajoutons même à regret, avec succès aux yeux des lecteurs qui ne veulent que l'amusement : ils trouvent dans les Mémoires ce qu'ils y cherchent, et ne vont pas plus loin. L'amour de la vérité exigerait de leur part une confrontation entre ce roman et le neuvième livre des *Confessions*. Leur paresse s'y oppose ; nous allons y suppléer et passer aux faits contenus dans les Mémoires.

§ II. *Des faits.*

Nous ne nous arrêterons que sur ceux qui sont relatifs à Jean-Jacques, objet direct de cet examen ;

Grimm ; bien certainement si Duclos méritait le langage que tient sur son compte la maîtresse de Grimm, on s'en apercevrait dans la *Correspondance* de ce dernier ; il y aurait quelque analogie ; or il n'y en a aucune. Grimm parle souvent de Duclos ; il cite ses bons mots, ses réparties ; il critique un de ses ouvrages, mais il ne dit rien contre son caractère. Cette remarque est importante.

et nous commençons par Duclos, parce qu'on le diffame à cause de Rousseau (1).

Où en serons-nous, où s'arrêtera-t-on, et que faudra-t-il croire, si un travail fait sur l'*ébauche d'un long roman* dont n'avaient pu tirer parti les personnes les plus intéressées à s'en servir, suffit après leur mort, après la disparition de tous les témoins, pour faire révoquer en doute ce qui avait été rendu public devant *ces témoins* et ces *parties intéressées*, sans aucune réclamation? Que dis-je? si ce travail suffit pour faire changer d'opinion sur un homme estimable connu par sa probité, par sa brusque franchise, et pour le métamorphoser en un homme faux, intrigant, affichant les femmes et brouillant les familles? Tel est le Duclos de madame d'Epinai; et c'est particulièrement dans ce qui le concerne qu'on remarque une combinaison conduite avec une heureuse habileté.

Jean-Jacques avait dû choisir pour dépositaire du manuscrit de ses *Confessions* un homme de lettres connu par sa probité, par sa véracité, par l'absence (si rare chez les gens de lettres) de l'envie du mérite d'autrui; un homme incorruptible dont le témoignage imposât au public, et qui, par l'étendue de l'estime dont il jouissait, ne pouvait recevoir de

---

(1) Dans les anecdotes qui suivent cet examen, on verra combien madame d'Épinai s'est plu à altérer la vérité dans ce qui concerne sa propre famille.

confidences calomnieuses. Cet homme, c'était Duclos ; il avait la confiance de Jean-Jacques à qui même il rendit plusieurs services. Sa franchise, bien connue, donnait beaucoup de poids à son suffrage. Il fallait l'avoir pour soi, ou diminuer la valeur de son témoignage. Sa générosité fit prendre le dernier parti.

Le présenter sous un jour odieux, lui faire jouer un rôle d'intrigant, de commère, de brouillon, d'homme sans délicatesse, qui approuve la soustraction d'un acte où l'honneur et la fortune de deux familles sont compromis (Mém., t. 2, p. 132), était un projet bien conçu, et le succès, un coup de maître. Pour l'obtenir, il fallait mettre Duclos en action, parce que les confidences, les assertions, les observations peuvent être contestées, et ne suffisent pas pour détruire une réputation acquise par une vie irréprochable et le témoignage unanime de ses contemporains. Duclos paraît donc sur la scène dans les *Mémoires de madame d'Épinai*, et nous avouons franchement que l'art avec lequel on file son rôle est admirable. On conserve assez de son caractère, bien connu, pour obtenir croyance sur ce qui ne l'était pas et n'était pas même soupçonné. Le bien qu'on en dit est en dose suffisante pour faire ajouter foi au mal qu'on invente ; le faux et le vrai sont mêlés avec tant d'adresse et de naturel, que la lecture des Mémoires laissera toujours sur le compte de Duclos des impressions fâcheuses et difficiles à effacer.

Mais on a toujours à se demander : Pourquoi Grimm n'a-t-il pas publié ces Mémoires ? c'est qu'il avait du tact, du jugement ; qu'il croyait impossible de détruire une réputation bien établie, de faire passer un homme d'honneur pour un brouillon dans qui la brusquerie n'était qu'un voile à la fausseté (1). Il laissa donc avec dédain cette partie piquante de l'*ébauche d'un long roman*.

Après avoir parlé du rôle que joue Duclos dans les Mémoires, il est nécessaire de passer à celui de Rousseau qu'on a eu principalement en vue.

Ce rôle, flatteur d'abord, devient équivoque et cesse bientôt de l'être. Cette gradation était nécessaire. La première fois qu'il est question de Jean-Jacques, c'est à l'occasion de l'*Engagement téméraire* qu'on jouait à la Chevrette, et madame d'Épinai s'exprime ainsi dans son Journal : « C'est l'ouvrage » d'un homme de beaucoup d'esprit, et peut-être » d'un homme singulier ; il est complimenteur sans » être poli ; il paraît ignorer les usages du monde ; » mais il est aisé de voir qu'il a infiniment d'esprit. » Il a le teint brun, et des yeux pleins de feu animent » sa physionomie. Lorsqu'il a parlé et qu'on le re- » garde, il paraît joli (p. 201, t. 1).

» J'ai encore l'âme attendrie de la manière, simple » et originale en même temps, dont il raconte ses » malheurs (p. 213). »

---

(1) Voyez Pièces justificatives, n° 3.

Cet intérêt et ce langage se soutiennent pendant quelque temps. Le jour commence à changer dans le second volume, à l'occasion de la douleur qu'éprouvait M. de Jully (beau-frère de madame d'Épinai) de la mort de sa femme.

» M. de Jully, est-il dit dans ces Mémoires, » rangea une demi-douzaine de portraits autour de » sa chambre, et passait ainsi son temps à se nourrir » ainsi de sa douleur : Rousseau écrivit à ce sujet » une lettre à M. de Francueil qui était à la cam- » pagne. Je ne puis m'empêcher d'en donner l'ex- » trait ; on verra qu'en reprochant à M. de Jully » d'arranger sa douleur sur ses goûts, Rousseau n'en » arrange pas moins, sans s'en apercevoir, les évé- » nemens à ses systèmes. » Voici cet extrait :

« M. de Jully a modelé sa douleur sur ses goûts, et cela lui donne les moyens de la conserver plus long-temps sans nous allarmer sur sa santé. Il ne s'est pas contenté de faire placer partout le portrait de sa femme, il vient de bâtir un cabinet qu'il fait décorer d'un superbe mausolée de marbre avec une inscription en vers latins qui sont ma foi très-pathétiques et très-beaux. Savez-vous, Monsieur, qu'un habile artiste, en pareil cas, serait peut-être désolé que sa femme revînt ? L'empire des arts est peut-être le plus puissant de tous. Je ne serais pas étonné qu'un homme très-honnête, mais très-éloquent, souhaitât quelquefois un beau malheur à peindre.

Si cela vous paraît fou, réfléchissez-y, et cela vous le paraîtra moins : en attendant, je suis bien sûr qu'il n'y a aucun poète tragique qui ne fût très-fâché qu'il ne se fût jamais commis de grands crimes, et qui ne dît au fond de son cœur, en lisant l'histoire de Néron, de Sémiramis, de Phèdre, de Mahomet, etc. La belle scène que je n'aurais pas faite, si tous ces brigands n'eussent pas fait parler d'eux ! Eh ! messieurs nos amis des beaux-arts, vous voulez me faire aimer une chose qui conduit les hommes à sentir ainsi !... Eh bien, oui, j'y suis tout résolu, mais c'est à condition que vous me prouverez qu'une belle statue vaut mieux qu'une belle action, qu'une belle scène écrite vaut mieux qu'un sentiment honnête ; enfin qu'un morceau de toile peinte par Vanloo vaut mieux que de la vertu. Tant y a que M. de Jully est dévot, et que, tout incompréhensible que nous est sa douleur, elle excite notre compassion. »

Madame d'Épinai blâme Jean-Jacques qui croyait que les grandes douleurs sont muettes. Il ne faut pas oublier qu'il savait que madame de Jully avait eu plusieurs amans et vécu dans une intimité scandaleuse avec Jélyote. L'opinion qu'on a sur un objet regretté, influe nécessairement sur la part que l'on prend au chagrin qu'éprouve celui qui le regrette : d'ailleurs il n'existait aucune liaison entre Jean-Jacques et M. de Jully ; le premier ne voyait dans la douleur du second qu'une démonstration fastueuse (1). Ce qu'il y a de remarquable dans cette lettre, écrite en 1747, c'est l'opinion bien prononcée de Jean-Jacques contre les beaux-arts et les lettres, opinion qu'il manifesta deux ans après dans son discours sur la question proposée par l'académie de Dijon.

Madame d'Épinai, soupçonnée injustement d'avoir soustrait un acte à son profit, mécontente du rôle que jouait Rousseau dans cette circonstance, s'exprime ainsi : « Toutes les fois qu'il avait été question en sa présence de cette affaire, il avait » toujours gardé le plus profond silence, et jamais il » ne m'en avait dit un seul mot. Comme je pouvais » croire que j'étais suspecte à ses yeux, je l'ai forcé » à s'expliquer. Que voulez-vous que je vous dise? » m'a-t-il répondu, je vais, je viens, et tout ce » que j'entends m'indigne et me révolte. Je vois les » uns si évidemment méchans et si adroits dans leurs » injustices, les autres si gauches et si plats dans leur » bonne intention, que je suis tenté (et ce n'est pas » la première fois) de regarder Paris comme une caverne de fripons. Ce qui me donne de la société » la plus mauvaise idée, c'est de voir combien on y » est pressé de se pardonner à soi-même à cause de

(1) *Lacrymas ad ostentationem doloris paratas.* (Pétron.) Voyez dans l'article qui suit cet examen, une anecdote sur M. de Jully.

» la multitude de ses semblables. S'il était question » d'accréditer une bonne action, on ne la croirait, » morbleu, qu'à son corps défendant. »

Madame d'Épinai ne paraît pas contente de cette explication. Elle est dans le caractère de Rousseau. Elle annonce cette opinion qu'il exprima deux ans après avec tant d'éloquence, et qui se trouve toujours dans tous ses ouvrages. Peu de temps après cette explication, M. d'Épinai, ayant donné un bel habit à son fils à la suite de l'examen de ses études, Jean-Jacques dit à cet enfant qui voulait lui faire admirer son habit : *Monsieur, je ne me connais pas en clinquant, je ne me connais qu'en hommes.*

Quand il est question de l'Hermitage, madame d'Épinai écrit des lettres auxquelles Rousseau répond *à sa manière*, c'est-à-dire comme un *Ours*, dénomination que lui donne sa bienfaitrice. « J'attendrai, » lui écrit-il, vos propositions; mais attendez-vous » d'avance à mon refus, car, ou elles sont gratuites, » ou elles ont des conditions, et je ne veux ni des » unes ni des autres. Je n'engagerai jamais aucune » portion de ma liberté, ni pour ma subsistance, » ni pour celle de personne. Je veux travailler, mais » à ma fantaisie, et même ne rien faire quand il me » plaira, sans que personne le trouve mauvais, hors » mon estomac. Apprenez mieux mon dictionnaire, » ma bonne amie, si vous voulez que nous nous » entendions. Croyez que mes termes ont rarement » le sens ordinaire : c'est toujours mon cœur qui

» s'entretient avec vous, et peut-être connaîtrez-
» vous quelque jour qu'il ne parle pas comme un
» autre.

Il n'y a là dedans aucune fausseté, et ce sont des preuves que nous cherchons.

Dans cette négociation pour faire accepter l'Hermitage, Grimm blâma durement madame d'Épinai de ce projet, en lui disant *qu'il ne voyait de la part de Rousseau que de l'orgueil caché partout, et que c'était lui rendre un mauvais service que de lui donner l'habitation de l'Hermitage; que cet homme était plein de déraison, et que plus on la tolérait, plus on l'augmentait.*

On voit que Jean-Jacques, de l'aveu même de madame d'Épinai, n'avait pas si grand tort de se plaindre que Grimm lui enlevait l'amitié de toutes les personnes chez lesquelles il l'avait introduit. C'était à lui que le baron devait cette connaissance. Il est nécessaire de faire remarquer que Jean-Jacques rapporte d'une autre manière, à la fin du huitième livre de ses *Confessions*, l'offre de l'Hermitage; et, d'après son récit, madame d'Épinai mit dans cette offre une grâce, une délicatesse, qu'elle pouvait faire raconter par son tuteur, si sa modestie l'empêchait de le faire.

A peine est-il à l'Hermitage qu'on s'occupe des moyens de le forcer à passer l'hiver à Paris, et l'on met en œuvre Thérèse et sa famille. Tous ses amis s'en mêlent. Il écrit à madame d'Épinai : « Je com-

» mence par vous dire que je suis résolu, déter-
» miné, quoi qu'il arrive, à passer l'hiver à l'Her-
» mitage; que rien ne me fera changer de résolu-
» tion, et que vous n'en avez pas le droit vous-
» même, parce que telles ont été nos conventions
» quand je suis venu... Ne m'en parlez donc plus,
» ma bonne amie, vous ne feriez que me désoler
» et n'obtiendriez rien, car la contradiction m'est
» mortelle.

Cette persécution, pour obliger Jean-Jacques de passer l'hiver à Paris, lui donne de l'humeur, et fait naître une correspondance dont nous citerons l'extrait d'une lettre qu'il écrivit le 13 décembre 1756 à madame d'Épinai. « Ma chère amie, il faut que
» j'étouffe, si je ne verse pas mes peines dans le
» sein de l'amitié. Diderot m'a écrit une lettre qui
» me perce l'âme. Il me fait entendre que c'est par
» grâce qu'il ne me regarde pas comme un scélé-
» rat, et qu'il y aurait bien à dire là-dessus : ce
» sont ces termes ; et cela, savez-vous pourquoi ?
» parce que madame Le Vasseur est avec moi. Eh !
» bon Dieu ! que dirait-il de plus si elle n'y était
» pas ? Je les ai recueillis dans la rue, elle et son
» mari, dans un âge où ils n'étaient plus en état
» de gagner leur vie. Depuis dix ans je m'ôte pour
» elle le pain de la bouche ; je la mène dans un bon
» air où rien ne lui manque ; je renonce pour elle
» au séjour de ma patrie ; elle est sa maîtresse ab-
» solue, va, vient sans compte rendre ; j'en ai au-

» tant de soin que de ma propre mère : tout cela n'est » rien, et je ne suis qu'un scélérat si je ne vais » mourir de désespoir à Paris pour son amusement. « Hélas ! la pauvre femme ne le désire point ; elle » ne se plaint point, elle est très-contente. Mais je « vois ce que c'est : M. Grimm ne sera pas con- » tent lui-même, qu'il ne m'ait ôté tous les amis que » je lui ai donnés. Philosophes des villes, si ce sont » là vos vertus, vous me consolez bien de n'être » qu'un méchant... Aimer et ne trouver que des cœurs » ingrats, ah ! voilà le seul mal qui me soit insup- » portable. Pardon ma chère amie, j'ai le cœur » surchargé d'ennuis ; et les yeux gonflés de larmes » qui ne peuvent sortir ».

Rousseau forme enfin le projet de renvoyer madame Le Vasseur à Paris, et l'annonce à madame d'Épinai par une lettre qu'il termine ainsi : « Je » ne puis plus éviter d'être un monstre ; j'en suis » un au yeux de M. Diderot, si madame Le Vasseur » reste ici ; j'en suis un à ses yeux si elle n'y reste » pas. Quelque parti que je prenne, me voilà mé- » chant malgré moi... » Ce qu'il y a de singulier et de bizarre dans cette tracasserie où tant de gens se mêlaient de ce qui ne les concernait pas, c'est que madame Le Vasseur, qui se trouvait bien à l'Hermitage, imaginait que c'était un *jeu joué* de la part de Rousseau pour l'en faire sortir. On cherche encore en vain pendant quelque temps des faits, quelque accusation positive, on ne trouve que des conjectures, des réflexions équivoques, des interprétations, des avis, répétés par Grimm à madame d'Épinai, de se défier de Jean-Jacques. Mademoiselle Le Vasseur vient confier à cette dame ses mystérieux tête-à-tête avec madame d'Houdetot. Pendant ces confidences, Saint-Lambert, qui s'était rendu à l'armée, confiait à son tour à Grimm que Jean-Jacques était amoureux de madame d'Épinai : et Grimm en instruisait cette dame qui commence à trouver à son *Ours* un air embarrassé avec elle.

Nous arrivons insensiblement aux deux époques importantes de la vie de Jean-Jacques, et qui eurent sur sa destinée une si grande influence. Sa passion pour madame d'Houdetot, et sa rupture avec madame d'Épinai. C'est dans ces deux événemens qu'il faut suivre avec attention l'auteur des Mémoires.

Les rendez-vous entre madame d'Houdetot et Rousseau n'étaient connus de madame d'Épinai, suivant celle-ci, que par les rapports de Thérese. Quand Jean-Jacques venait à la Chevrette, il était gêné, craignant toujours que son secret ne lui échapât : delà cette contrainte dans les entretiens. « Ce « que vous m'avez dit de cet homme, écrit-elle à « Grimm, me l'a fait examiner de plus près : je ne sais « si c'est prévention, ou si je le vois mieux que je ne « le voyais, mais cet homme n'est pas vrai : lors- « qu'il ouvre la bouche et qu'il en sort un propos « dont je ne puis me dissimuler la fausseté, il se

» répand en moi un froid que je ne saurais rendre. » Il faudrait expliquer, par un fait, comment elle ne pouvait se dissimuler la fausseté, et il faudrait rapporter le propos. Peu de temps après, Jean-Jacques annonce qu'il va passer vingt-quatre heures à Paris pour se réconcilier avec Diderot, et pour le consulter sur *la Nouvelle Héloïse* qu'il avait commencée. Ces deux motifs ne s'excluaient pas; et Grimm, ainsi que son amie, font beaucoup de réflexions sur la *fausseté* de Rousseau, *évidente*, disent-ils, puisque la réconciliation n'était qu'un prétexte. Qu'on en lise les détails dans ses *Confessions* (Liv. IX), faits avec cette chaleur entraînante qui ne peut-être factice, et l'on appréciera cette accusation.

Passons aux amours avec madame d'Houdetot. On raconte comme un *fait bien prouvé* que Jean-Jacques, pour détacher la comtesse de Saint-Lambert qu'il ne pouvait rendre suspect, mit toute son éloquence à lui faire naître des scrupules sur sa liaison avec le marquis; et, le succès ne répondant point à sa tentative, qu'il feignit de croire que madame d'Épinai aimait de son côté Saint-Lambert et tâchait de l'enlever à sa belle-sœur. Il voulait rendre la comtesse jalouse et l'éloigner de madame d'Épinai. Une lettre anonyme apprend à Saint-Lambert qu'il est joué par madame d'Houdetot et Jean-Jacques qui vivent ensemble dans l'union la plus intime.

C'est M. de Lisieux qui nous instruit de ces détails; sa pupille a cru devoir lui céder la plume. Saint-Lambert eut une explication avec madame d'Houdetot : celle-ci montra la lettre à Jean-Jacques qui accusa madame d'Épinai. Cet incident expliquerait le billet de Rousseau à cette dame (Liv. IX des *Confessions*), si Jean-Jacques ne rendait compte des motifs qu'il eut de l'écrire. Il est extraordinaire qu'il ne parle pas de cette lettre anonyme qui paraît inventée pour détruire le manège odieux de madame d'Épinai auprès de Thérèse.

Quoi qu'il en soit, il y eut des billets écrits de part et d'autre. Ici l'éditeur fait remarquer que ceux qui sont rapportés dans les *Confessions* diffèrent des billets transcrits dans les Mémoires. Il se fait à ce sujet ces deux questions : « Madame d'Épinai cherchait-elle à déguiser à Grimm les ménagemens « qu'elle gardait pour Rousseau, ou bien celui-ci « a-t-il altéré à dessein ces mêmes lettres ? » Il ajoute qu'il ne peut décider cette question, n'ayant pas les originaux de madame d'Épinai sous les yeux. (1) Ne les possédant pas non plus, nous nous sommes bornés à confronter les deux textes.

Comme ces variantes ne consistent que dans le ton plus ou moins affectueux de la part de madame d'Épinai, et qu'elle ne touche point le fond de la

(1) Voyez Pièces justificatives, n° 1 : la question y est décidée par la confrontation des lettres.

question, c'est-à-dire qu'elles ne constatent ni n'aggravent les torts de part ni d'autre, elles ont peu d'importance, et nous croyons que l'amante de Grimm *cherchait à lui déguiser les ménagemens* qu'elle gardait envers Rousseau.

Ici les différences deviennent plus graves. Jean-Jacques raconte que madame d'Épinai à son arrivée lui sauta au cou en fondant en larmes : elle écrit à son ami Grimm, qu'elle le reçut séchement, et que, dans l'explication, il se jeta à ses genoux avec toutes *les marques du plus violent désespoir.*

Le tuteur prend la plume, joue un rôle, presse la marche du roman et fait entrevoir le dénoûment : c'est-à-dire, la rupture entre Jean-Jacques et madame d'Épinai.

Le bon sens prescrivait à l'historien de mettre tous les torts d'un côté, afin de répandre plus d'éclat sur l'héroïne ; et, pour rendre le récit de ses torts plus vraisemblable, en accumuler un grand nombre, quoique étrangers au fait principal. C'est ainsi que Diderot est présenté sous un jour avantageux : on a l'art de mêler à la fois ses intérêts avec ceux de madame d'Épinai, et de lui conserver tous ses préjugés contre cette dame, afin de mettre plus de probabilités dans les faits.

Le tuteur rapporte une scène dans laquelle madame d'Épinai veut chasser Rousseau ; fait demander grace à celui-ci ; le représente sollicitant la faveur de rester à l'Hermitage, etc.

Il n'y a plus, comme on voit, de parallèle à faire entre le récit de Jean-Jacques et celui de madame d'Épinai. Il faut nécessairement opter. Diviser la certitude c'est la détruire, et l'on ne peut également croire sur le même fait deux témoignages contradictoires.

Il est difficile de croire qu'un homme du caractère de Jean-Jacques se jette à genoux pour demander pardon, supplier qu'on le laisse à l'Hermitage, et de concilier cette prière avec la lettre de Rousseau qui commence ainsi : « Rien n'est si simple, « Madame, et si nécessaire, que de sortir de chez vous, etc. » elle se trouve dans les Mémoires, comme dans les *Confessions, sans variante.* Jean-Jacques qui refusa les pensions de plusieurs rois ; qui traita si mal Corancez à l'occasion des arrérages de celle du roi d'Angleterre ; qui renvoya tous les cadeaux qu'on lui fit, aurait sollicité la faveur de rester à l'Hermitage! Lui, dont il avait fallu, d'après le témoignage même de madame d'Épinai et les lettres qu'elle rapporte, arracher le consentement pour l'y faire entrer!

La *catastrophe* arrive : madame d'Épinai part pour Genève. Rousseau quitte l'Hermitage au milieu de l'hiver ; personne ne veut plus le voir : c'est un monstre. Diderot, Grimm, ne parlent plus que de la *duplicité de cet homme.* Cette partie des Mémoires a dû coûter beaucoup de travail à l'auteur, quel qu'il soit, et l'on s'en aperçoit facilement par *l'entortillage* des fils qui se croisent. Il faut recommencer pour les démêler et découvrir, non pas la vérité, mais ce qu'on a voulu faire passer pour elle. Il y a copie de l'extrait d'une lettre de Jean-Jacques à Diderot, dont on serait fort embarrassé de montrer l'original ; aussi a-t-on grand soin de ne la présenter que comme transcrite de la main du tuteur officieux.

Rappelons rapidement les circonstances décrites par Jean-Jacques pour les comparer à celles que rapporte madame d'Épinai, et mettons un terme à cette discussion.

Rousseau entre dans beaucoup de détails sur ses amours avec madame d'Houdetot. Ils étaient connus de tout le monde à la Chevrette, par le peu de précautions que prenaient les amans. Madame d'Épinai, selon lui, feignit de ne rien voir ; mais, en redoublant d'attentions pour lui, elle maltraitait sa belle-sœur. Madame d'Houdetot reçut de Saint-Lambert une lettre qui lui causa beaucoup de chagrin, parce qu'il était instruit et *mal instruit* de la passion de Jean-Jacques. Celui-ci savait que madame d'Épinai correspondait avec Saint-Lambert, et que précédemment elle avait tout entrepris pour brouiller leurs amours. Il soupçonna donc madame d'Épinai. Ses soupçons se changèrent en certitude, quand il apprit de Thérèse que cette dame l'avait questionnée sur le commerce épistolaire entre madame d'Houdetot et Jean-Jacques, *pressée de lui remettre les lettres* de la première, *lui assurant qu'elle les recachetterait si bien qu'il n'y reparaîtrait pas*. Non contente de la réponse négative de cette fille, elle *poussa l'audace jusqu'à chercher dans sa bavette*, pour y trouver ces lettres. Elle alla même à l'Hermitage faire une recherche dans le cabinet de Rousseau. Celui-ci, apprenant ces circonstances, entre en fureur : delà les billets dont nous avons parlé.

On voit que madame d'Epinai était gravement inculpée, accusée de bassesse et de méchanceté. Elle ne voulait pas qu'on crût qu'elle avait des torts dans sa rupture avec Jean-Jacques, qu'on sût qu'elle avait tâché de corrompre Thérèse, encore moins que Saint-Lambert était instruit par elle.

Pour détruire ces impressions, que fallait-il faire? d'abord paraître ignorer la liaison de Jean-Jacques et de madame d'Houdetot. Aussi n'y *veut-elle jamais croire, quoique* Thérèse, jalouse de cette liaison, l'en avertisse à diverses reprises. Madame d'Épinai avait trop d'expérience pour n'être pas clairvoyante en commerce amoureux. Cette ignorance, plus ingénûment énoncée que prouvée (ou même probable), est appuyée d'une lettre anonyme bien combinée, et qu'elle a la maladresse d'attribuer à Thérèse qui *ne pouvait apprendre à connaître les heures sur un cadran, qui n'a jamais pu suivre les douze mois de l'année ni connu un seul chiffre (Confessions, liv. VII)*! Comment madame d'Épinai a-t-elle pu s'oublier au point de nous dire qu'elle a *toujours soupçonné Thérèse*, *et que cette idée est venue à tout le monde.*

Cette lettre anonyme a pu exister : elle sert même à expliquer l'obscurité inquiétante qui tourmente Rousseau quand il dit (Liv IX) : *Je vis clairement qu'il s'était passé quelque chose que madame d'Houdetot ne voulut pas me dire, et que je n'ai jamais su.*

Il importait encore à madame d'Épinai de cacher le motif de son voyage à Genève, c'est-à-dire sa grossesse : le tuteur est là pour nous dire qu'il va la voir à la campagne, *qu'il est effrayé de son changement et de sa maigreur, et que ce qui le frappa le plus, ce fut un certain tiraillement convulsif qui allongeait ses traits.*

Faisons remarquer en passant que madame d'Épinai, en écrivant à *son tendre, à son délicieux ami* Grimm, lui parlant du prétendu désespoir de Rousseau qui lui annonçait vouloir se donner la mort, assure qu'elle lui a dit, *mais vous ferez fort bien, si vous ne vous sentez pas le courage d'être vertueux.* Elle savait Jean-Jacques au fait de ses intrigues amoureuses, et compte assez sur notre bonhomie pour nous faire part de ce conseil, après nous avoir raconté ses amours avec *Francueil*, le cadeau qu'elle lui avait fait, et qu'elle avait reçu de son mari, et tout en nous entretenant de son commerce avec Grimm.

Jean-Jacques n'était plus pour elle qu'un monstre, *un nain moral monté sur des échasses*. Quel nain !

Terminons par deux observations : la première est relative à Diderot. Si, dans ce qui le concerne, les choses se sont passées comme les raconte madame d'Épinai, si réellement il a écrit la lettre dans laquelle il traite Jean-Jacques de *scélérat forcené*, comment a-t-il pu faire plus tard des démarches pour se réconcilier avec ce Jean-Jacques ? Il était impossible que l'idée lui en vînt, si l'historienne est véridique. Or les démarches ont été faites : elles sont constatées par M. le comte d'Escherni qui en fut chargé par Diderot, et la réponse de Rousseau se trouve dans sa correspondance. La conclusion est facile à tirer.

La seconde observation a pour objet l'époque où sont publiés ces Mémoires. Si ce n'est qu'un *roman raccourci*, comme je le pense, d'après Grimm qui les traite d'*ébauche d'un long roman*, et d'après l'examen que j'en ai fait, l'époque de sa publication n'est pas indifférente. Il fallait attendre la disparition de plusieurs témoins fort gênans qui auraient pu prouver que ce n'était qu'un roman. D'abord celle de Saint-Lambert, franc et loyal, qui aimait la vérité et la disait toujours ; celle de madame d'Houdetot qui ne savait pas la trahir, et ne disait jamais de mal de personne. Elle a survécu à tous les acteurs du roman, qui n'a paru en effet que trois ans après sa mort. Lecteur, pesez toutes ces circonstances, et prononcez.

ANECDOTES

INÉDITES

POUR SERVIR DE SUITE ET D'ÉCLAIRCISSEMENS

AUX MÉMOIRES

DE MADAME D'ÉPINAI.

Rien n'est beau que le vrai, le vrai seul est aimable !

Après avoir prouvé qu'on a donné le titre de *Mémoires* à un *roman* de madame d'Épinai, qu'on a substitué des noms à ceux qu'elle avait elle-même désignés (circonstances suffisantes pour contester l'exactitude des faits et leur certitude), nous allons supposer que l'auteur eût avoué ces mémoires, tels que nous les connaissons, raisonner dans cette hypothèse et tâcher de déterminer avec précision, le degré de confiance auquel elle a droit. Pour réduire à sa juste valeur le témoignage de madame d'Épinai, il était nécessaire de connaître celui de ses contemporains, et, plus particulièrement s'il était possible, des acteurs mis en scène par elle. Plusieurs personnes de sa société lui ont survécu très-long-temps. Sans compter *Grimm* qui fait cause commune avec elle, nous citerons *Saint-Lambert*, M. *d'Houdetot*, *madame*, qui n'est morte qu'en 1813, et la baronne d'*Holbach* qui n'a cessé de vivre qu'en 1814. Mais, à l'époque de la publication des Mémoires posthumes, tous avaient disparu ; et l'on serait tenté de croire qu'il importait de n'avoir plus, lorsqu'on a fait paraître cet ouvrage, aucun des personnages dont il y est question. A leur défaut, nous avons dû chercher ceux qui les avaient connus.

Les renseignemens que nous désirions devaient, ou confirmer les faits racontés, ou les détruire ; et ces résultats sont d'un égal intérêt pour celui qui aime et cherche de bonne foi la vérité. Si nous avons recueilli, sur une famille, des particularités qui ne peuvent se concilier avec l'idée qu'en donne madame d'Épinai ; des anecdotes ayant tous les caractères de la certitude, et servant à démontrer que ces caractères manquent dans son récit, ou a donner des explications opposées à celles qu'elle présente, on conviendra sans doute que son témoignage devient au moins douteux. Nous avouerons que son adresse est quelquefois tellement artificieuse, qu'il est difficile de résister à la séduction ; elle est alors si près de la vérité, dans certains détails, qu'on peut d'autant plus croire au mensonge qu'il semble acquérir sous sa plume tous les caractères de cette vérité, par le naturel et la vraisemblance. Nous pouvons citer à l'appui de cette assertion le billet écrit à *Grimm*, et dont profita *Duclos* (voyez n° 3, art. *Duclos*).

Nous sentions, malgré le succès des Mémoires, que le public devait être exigeant et difficile, ou du moins qu'en le supposant tel ce n'était point lui faire injure. Nous désirions l'impartialité, parce que la passion voit mal ou ne voit pas ; la réunion du jugement à la mémoire, parce que l'un rectifie l'autre et ne lui laisse conserver que ce qu'il ne faut pas oublier ; enfin, et ce qui est une suite de cette réunion, l'art de bien voir et d'observer, art sans lequel on présente sous un faux jour les renseignemens que l'on transmet. Nous avons rencontré ce que nous désirions, sans espoir de le trouver : c'est-à-dire, deux personnes qui, *réunissant les conditions exigées*, ont connu *les débris* de la société de madame d'Épinai. L'une d'elles, qui nous permet de la nommer, a vécu pendant treize ans dans l'intimité de madame d'Houdetot : c'est madame la vicomtesse d'Allard, aussi distinguée par l'étendue de ses connaissances que par les grâces de son esprit.

1°. *Famille d'Houdetot.*

Commençons par la famille d'Houdetot ; si madame d'Épinai a, dans ses Mémoires, altéré la vérité sur les parens qu'elle devait connaître mieux que personne, puisqu'elle les voyait souvent, on conviendra qu'il faut lire ses confidences avec réserve.

M. le comte d'Houdetot, épousa, comme on sait, *Élisabeth-Sophie-Françoise de la Live de Bellegarde*, sœur de M. d'Épinai ; femme d'un *caractère angélique* (1), qui, avec autant d'esprit *au moins* que pouvait en avoir madame d'Épinai, ne possédait pas, comme celle-ci, le

---

(1) Expression de Rousseau, confirmée par tous ceux qui ont connu madame d'Houdetot, quoique, pour la voir, ils n'eussent pas devant leurs yeux le prisme qu'avait Jean-Jacques.

désir de le faire paraître et d'en tirer parti, étant au contraire modeste jusqu'à la timidité.

Madame d'Épinai présente la famille d'Houdetot, comme presque composée de chevaliers d'industrie. « La mère, dit-elle (pag. 119, t. I.), » est une joueuse de profession, ainsi que le « comte, son fils; leur maison est une maison « de Bohême. ». On voit clairement, par la manière dont elle raconte ce mariage, qu'elle veut persuader que la famille d'Houdetot voulait tromper celle de la Live. Le récit de la précipitation avec laquelle cette affaire fut conclue, et des circonstances qui l'accompagnent, ne laisse aucun doute sur l'intention de l'historienne. Elle glisse légèrement sur la fortune de M. d'Houdetot, ou plutôt assure qu'il n'en n'avait aucune.

Voici maintenant la vérité : M. d'Houdetot possédait, avant son mariage, un office ou charge qui supposait quelque fortune, parce qu'il fallait financer pour l'obtenir, et qu'elle exigeait une certaine représentation. Il était guidon de gendarmerie.

La dot de mademoiselle *de la Live* était de six cent mille francs; et, comme on va le voir, fut, par une opération de son mari, portée à un million, puisque, par cette opération, il gagna quatre cent mille francs. Il apporta donc plus que n'avait apporté mademoiselle Tardieu d'Esclavelles à M. de la Live d'Épinai. D'ailleurs, si l'on se reporte aux usages, aux mesures de ce temps, on trouvera, dans le prix qu'on attachait à certaines alliances, une sorte de compensation. Souvent on voyait alors la naissance d'un côté, la fortune de l'autre. M. d'Houdetot était d'une des plus anciennes familles de Normandie : un de ses ancêtres accompagnait Guillaume le conquérant, et son nom est inscrit sur les murs de la chapelle construite après la bataille d'Hastings, en 1066. Il n'était pas sans aucune fortune, et même il rétablit en quelque sorte l'équilibre ; voici comment : la dot de mademoiselle de la Live avait été placée dans l'achat d'une belle terre estimée six cent mille francs, et située dans une position tellement avantageuse, qu'elle séduisit un de ces personnages qui ne marchandent jamais les objets à leur convenance. Madame la duchesse de *Chaulnes* vit la terre de la Meilleraie, dont le château était situé dans un point de vue magnifique. M. d'Houdetot la lui vendit pour un million, et gagna par ce marché quatre cent mille francs.

Passons au portrait que fait madame d'Épi-

nai du mari de sa belle-sœur : « Elle épouse
» M. le comte d'Houdetot (p. 3, t. 1) jeune
» homme de qualité, mais sans fortune, âgé
» de 22 ans, joueur de profession, laid comme
» le diable, et peu avancé dans le service; en
» un mot ignoré, et, suivant toute apparence,
» fait pour l'être. »

Le portrait n'est pas flatté : on y montre une maladroite prévention. Comment préjuger qu'un jeune homme de 22 ans *soit fait pour être ignoré?*

Il y a dans la phrase de madame d'Épinai deux mensonges et un jugement téméraire. On ne pouvait pas dire plus de choses en moins de mots.

Le premier mensonge est sur la fortune, puisque M. d'Houdetot n'en était pas totalement dépourvu; le second est *la laideur du Diable.* M. d'Houdetot était d'une très-belle taille et d'une figure qu'on ne remarquait point (ce qu'on aurait fait s'il eût ressemblé au modèle désigné), et qui même, dans le détail, était plutôt bien que mal.

Malheureusement, l'assertion relative au jeu n'était que trop fondée. C'était une passion à la mode; il était du bon ton de jouer. Mais un trait honorable pour M. d'Houdetot, ne devait point être oublié par sa belle-sœur, et nous allons réparer l'omission qu'elle en a faite. De toutes les passions, la plus indomptable est celle du jeu, parce qu'elle se perpétue dans un âge où l'on est forcé de renoncer aux autres, et M. d'Houdetot sut vaincre celle-là. Il avait perdu une somme considérable. Obligé d'emprunter pour acquitter sa dette, il prie sa femme d'engager son bien. Après avoir hésité quelques momens, madame d'Houdetot y consent à une condition, c'est qu'il lui donnera sa *parole d'honneur* de ne plus jouer. Cette parole est donnée, et M. d'Houdetot n'a plus joué de sa vie, tant l'honneur avait d'empire sur lui.

Madame d'Épinai présente M. d'Houdetot comme jaloux, brusque, difficile à vivre; il faut rectifier ces idées et rétablir les choses comme elles sont.

Lorsque M. d'Houdetot épousa mademoiselle de la Live, il aimait passionément une femme qui ne pouvait devenir la sienne, et il n'apporta que de l'estime à celle-ci. La constance était de mode alors, peut-être parce que l'objet n'en était pas celui qui devait la fixer. M. d'Houdetot aima, jusqu'en 1793, madame ***, qui mourut cette année, et chez laquelle il était même allé passer les premiers mois. Il y avait quarante-huit ans qu'il était marié à mademoiselle de la Live et tous deux avaient passé l'âge des passions; il était trop tard pour aimer sa femme. Dans les premières années de leur mariage, madame d'Houdetot eut deux enfans. Peu de temps après elle fit un choix, c'était Saint-Lambert *en qui elle trouva* (1) *tous les mérites de son mari avec des qualités plus agréables, et les plus rares talens. S'il faut pardonner*, dit Rousseau, *quelque chose aux mœurs du siècle, c'est sans doute un pareil attachement que sa durée épure, que ses effets honorent, et qui ne s'est cimenté que par des vertus.*

M. d'Houdetot, tout jeune qu'il était, vit naître cet attachement sans humeur, sans jalousie, et faisant un retour sur lui-même, il se dit probablement qu'il ne pouvait exiger un sentiment qu'il ne pouvait plus lui-même éprouver; du moins, le trait suivant permet cette conjecture. Le maréchal d'Aubeterre

---

(1) *Confessions*, liv. IX. *Rousseau* n'a jamais vu qu'une seule fois M. le comte d'Houdetot, et encore dans le grand dîner qui précéda sa rupture avec madame d'Épinai ; il ne le connaissait que par celle-ci.

avait une maison de campagne dans le voisinage de la Chevrette. Sa femme était aimable et jeune; elle devint l'amie de madame d'Houdetot, et ne tarda pas de s'apercevoir de la liaison naissante entre elle et Saint-Lambert; elle lui fit des représentations, lui donna des avis, l'engagea à la rompre. L'amante de Saint-Lambert promit et mit seulement plus de mystère dans sa conduite. Madame d'Aubeterre, trop clairvoyante pour être longtemps trompée, crut devoir tout dévoiler au mari, qui répondit : *Je n'ai droit, madame, de n'exiger de madame d'Houdetot que de la décence dans sa conduite.*

Il avait dans les manières et le ton une politesse qui ne peut se concilier avec la brusquerie dont parle madame d'Épinay; et dans ses procédés avec sa femme, il mettait une suite d'attentions délicates qui ne se démentirent jamais, et qui faisaient croire qu'il voulait la dédommager du sentiment qu'il lui devait, mais qu'enfin elle ne lui avait point inspiré. Elle désirait une maison à Eaubonne, dans la vallée de Montmorenci, il loua sur-le-champ la plus agréable, et en acquit une ensuite une à Sanois. Voulait-elle faire une emplète, que l'éloignement de Paris la forçait de différer,

M. d'Houdetot se rendait aussitôt dans la capitale : on pourrait citer beaucoup de traits minutieux, mais qui prouvent des soins constans et dont les maris passent pour être peu susceptibles (1).

Ce qu'il y a de singulier et de réel, quoique peu vraisemblable, c'est que l'amant était brusque, emporté, violent et d'un physique bien inférieur à celui du mari. La taille de St.-Lambert était médiocre, petite même en comparaison de celle de M. d'Houdetot. Son col était court, et sa tête enfoncée dans ses épaules. Mais il avait beaucoup d'esprit, et quand il *le voulait*, l'amabilité la plus séduisante ; il ne le voulait pas toujours. Il avait de

---

(1) Citons-en un seul. Dans cette année de désastreuse mémoire, où la disette et la terreur régnaient dans Paris, il était d'autant plus difficile de se procurer de la poudre, qu'elle ne faisait plus partie de la toilette. Madame, qui avait des cheveux magnifiques, craignait que la suppression de la poudre ne les fît tomber, et se voyait avec chagrin forcée d'en abandonner l'usage. M. d'Houdetot se rend à Paris, parcourt toutes les boutiques de parfumeur, apporte une abondante provision de poudre, et l'offre en disant : il serait dommage de perdre d'aussi beaux cheveux.

l'humeur, grondait souvent; ce qui contrastait avec l'inaltérable égalité de madame d'Houdetot. A voir celle-ci, entre son mari et St.-Lambert, recevoir des soins du premier, en prodiguer au second, tout étranger eût fait une méprise, et pris l'amant pour le mari.

C'était un spectacle digne d'intérêt que cette réciprocité de soins et de procédés. M. d'Houdetot se conduisit en homme qui avait de la grandeur d'ame et de la bonté, lorsque la seconde partie des *Confessions* de Jean-Jacques parut, c'est-à-dire, en 1788. Quoique dans cette première édition les masques ne soient pas nommés, il ne fut pas difficile d'en deviner la plus grande partie, et particulièrement madame d'Houdetot, qui demeurait encore dans les mêmes lieux décrits par *Rousseau*. Elle devint donc l'objet de la curiosité générale; situation désagréable malgré les hommages et la justice que rendait l'auteur à son esprit, à ses agrémens, à son caractère, à ses vertus. M. d'*Houdetot* sentit combien, dans ce moment, elle avait besoin de considération et des témoignages de son estime. On le vit redoubler de soins, d'attentions, d'assiduité.

Tous les trois sont morts dans un âge très-avancé (1). Saint-Lambert cédait encore quelquefois aux instances qu'on lui faisait pour aller dîner dans les maisons du voisinage. Madame d'Houdetot ne manquait jamais de recommander qu'on disposât une chambre afin que, suivant sa coutume, il pût faire la méridienne. Elle avait soin de la visiter à son arrivée.

Elle recevait de la société à Sannois; on se retirait à dix heures. M. de Saint-Lambert et madame d'Houdetot restaient seuls, et jouaient jusqu'à minuit, tous les deux au loto, pour ne pas perdre l'habitude du *tête-à-tête*.

Dans sa dernière maladie, Saint-Lambert reçut de madame d'Houdetot les soins les plus touchans. Un soir il lui dit : *mourons ensemble*, ma bonne amie; *vivons ensemble*, répondit-elle.

Madame d'Houdetot avait eu chez elle, son frère, M. de la Briche, fort riche, d'une mauvaise santé, et qui ne se souciait pas de se marier. Toute autre que madame d'Houdetot aurait

---

(1) Saint-Lambert mourut le 9 février 1803, à quatre-vingt-sept ans; M. d'Houdetot en 1806, et madame en 1813.

peut-être entretenu de pareilles dispositions; mais elle préféra le bonheur de son frère à son intérêt, et lui fit choisir une jeune personne qu'elle crut propre à le rendre heureux et qui, alors était victime de la bizarrerie d'un oncle dont elle attendait et dont elle eut effectivement la fortune. Cet oncle (M. *Le Maître*), trésorier de l'artillerie, immensément riche, avait refusé de lui donner deux cent mille francs, pour épouser le duc de Crillon dont elle était aimée, ce qui fit manquer le mariage. La famille de cette jeune personne, lui ayant permis d'agréer les soins de M. *de la Briche*, présenté par sa sœur, et le contrat étant dressé, on le porta à la signature de M. Le Maître, qui se fâcha, disant que sa nièce ne pouvait se marier sans dot et lui donna quatre cent mille francs, quoiqu'il en eût précédemment refusé deux cent mille. Cet oncle avait fait construire, dans sa terre du Marais, un superbe château. Quand on l'admirait, il disait avec humeur : Vous trouvez étrange qu'un bourgeois comme moi, ait bâti une si belle maison, n'est-ce pas? Quand on ne disait rien, il s'écriait : C'est bien la peine de dépenser deux millions pour un château que personne ne regarde et dont on ne dit mot! Madame de *la Briche* hérita de cette fortune.

Si madame d'*Houdetot* eût été moins désintéressée, elle aurait eu celle de son frère, qui mourut deux ans après, et dont elle avait vaincu la répugnance qu'il éprouvait à se marier.

M. d'Houdetot avait moins d'esprit que ceux qui composaient la société de sa belle-sœur (1): mais il joignait à du sens et du jugement, le sentiment des convenances, et ne méritait rien moins que le langage de madame d'Épinai. Celle-ci n'aimait point sa belle-sœur à qui elle avait voulu enlever Saint-Lambert, qu'elle eut soin d'instruire de la passion de Rousseau. Ce fut inutilement; Saint-Lambert eut le bon esprit de ne pas vouloir changer contre une coquette vaporeuse, une femme aimable qui savait répandre des charmes sur tous les momens de sa vie.

L'amour de Jean-Jacques, pour madame d'Houdetot, date du printemps 1757. Ils se virent souvent dans l'été et l'automne de la même année; et les visites d'Eaubonne à l'Her-

(1) Si l'on songe que cette société était composée de Rousseau, Grimm, Desmahis, Duclos, Saint-Lambert, Diderot, Croismare, le baron d'Holbach, etc., on conviendra que la concurrence était difficile à soutenir.

mitage, de l'Hermitage à Eaubonne furent fréquentes. Rousseau s'étant brouillé, dans le mois de novembre, avec madame d'Épinai, abandonna brusquement l'Hermitage, le 15 décembre, et ne vit plus madame d'Houdetot, depuis cette époque, qu'une ou deux fois. Il y a dans sa passion une singularité qu'il n'est pas inutile de faire remarquer. L'amour embellit ordinairement, et d'après le portrait que Jean-Jacques fait de madame d'Houdetot, il paraît qu'il la voyait *à-peu-près* telle qu'elle était. *Son visage* (dit-il, Confessions, liv. IX), *était marqué de la petite vérole, son teint manquait de finesse; elle avait la vue basse et les yeux un peu ronds.* Il semble, quand on voit ainsi, qu'on est loin d'éprouver une passion violente. Celle de Rousseau l'était cependant; ce qui donnerait lieu de conclure que ce n'était point pour sa beauté qu'il aimait *Sophie.* Mais d'un autre côté, au lieu d'exagérer l'éloge qu'il fait de son esprit, il reste au-dessous de la réalité, et n'est exact et fidèle que dans ce qui concerne les qualités du cœur. *Elle avait,* dit-il, *l'esprit très-naturel et très-agréable. Elle abondait en saillies charmantes qu'elle ne recherchait point, et qui lui venaient quelquefois malgré elle.*

L'esprit, chez madame d'Houdetot, était dans un degré éminent et très-orné. Elle ne le laissait voir, il est vrai, que dans l'intimité, ce qui est un motif pour croire qu'il ne devait pas échapper à Jean-Jacques. Elle écrivait mieux que sa belle-sœur, mais comme elle avait un sens exquis, qui lui faisait préférer le bonheur à la célébrité, elle fit avec d'autant plus de facilité le sacrifice de son talent, qu'elle voulait conserver l'union qui régnait entre elle et madame d'Épinai, dont elle aurait excité l'envie en se conduisant autrement.

Nous allons donner des preuves incontestables de l'esprit et du talent de madame d'Houdetot, parce que madame d'Épinai, dans ses Mémoires, en répétant sans cesse qu'elle *était bonne, très-bonne* (qualité qu'elle ne pouvait lui refuser), laisse au lecteur le soin de deviner si elle avait autre chose que de la bonté.

Madame d'Houdetot a fait de très-jolis vers; mais elle n'a jamais voulu les donner par écrit, ce qui est cause que quelques-uns ne sont connus que des personnes qui vivaient dans son intimité, et qui, pour les conserver, n'avaient d'autre ressource que leur mémoire.

Elle était à Fourqueux, situé près de Marli,

et dont le parc est arrosé par un ruisseau qui en entretient la fraîcheur. La source en est au pied d'un chêne. Du château, l'on entend le bruit de la machine; bruit confus, formé de sons discordans, de cliquetis, de frottemens d'un effet incommode et désagréable. Madame d'Houdetot fit, à cette occasion, les vers suivans :

Ces efforts redoublés et ces gémissemens,
Cet appareil de fer et ces grands mouvemens
Offrent partout aux sens la nature offensée.
Elle semble gémir d'avoir été forcée;
Et, cédant à regret aux entraves de l'art,
Au caprice des rois se plaint d'avoir eu part.
Ah! que j'aime bien mieux la modeste fontaine
Qui, dans ces prés fleuris, s'enfuit du pied d'un chêne,
Et qui, formant le cours d'un paisible ruisseau,
Arrose des gazons aussi frais que son eau.

Saint-Lambert trouva que ces vers méritaient d'être envoyés au patriarche de Ferney. Lorsque Voltaire vint à Paris en 1778, madame d'Houdetot alla le voir. Dès qu'elle fut annoncée, Voltaire lui récita ces vers faits depuis longtemps et auxquels l'auteur ne songeait plus.

En voici sur la vieillesse, faits par madame d'Houdetot, à une époque où elle pouvait en parler par expérience :

Oh ! le bon temps que la vieillesse !
Ce qui fut plaisir est tristesse,
Ce qui fut rond devient pointu :
L'esprit même est cogne-fêtu.
On entend mal, on n'y voit guère ;
On a cent moyens de déplaire.
Ce qui charma nous semble laid ;
On voit le monde comme il est.
Qui vous cherchait vous abandonne :
Le bon sens, la froide vertu
Chez vous n'attirent plus personne.
On se plaint d'avoir trop vécu.
Mais, dans ma retraite profonde,
Qu'un seul ami me reste au monde,
Je croirai n'avoir rien perdu.

Madame de la Briche, belle-sœur de madame d'Houdetot, désirait d'avoir un chat. Madame d'Houdetot lui en choisit un qu'elle lui offrit avec les vers suivans :

Jeune Églé, vous aimez les chats :
On les accuse d'être ingrats,
Très-volages et peu sincères.
. . . .
Mais, des gens avec qui l'on vit,
On prend beaucoup, à ce qu'on dit.

Jeune Églé, s'il peut vous plaire,
Ce chat, auprès de vous, gardera son esprit
Et changera de caractère.

Dans les dernières années de sa vie, madame d'Houdetot, quoique très-âgée (elle est morte à 83 ans), était toujours recherchée pour son esprit et son amabilité. M. de Sommariva, ayant acheté la terre d'Épinai, qu'il a considérablement augmentée (1), et se trouvant dans le voisinage de madame d'Houdetot, fit connaissance avec elle et se plut dans sa société. Il lui demanda son portrait. Elle le lui envoya avec des vers que nous n'avons pas et dont le sens était, *bientôt l'original n'existera plus, mais vous aurez les traits de celle qui vous aima comme une mère.* Il a fallu une étrangère pour dénaturer ce sentiment, trouver du ridicule dans les attentions affectueuses de madame d'Houdetot, et ne pas comprendre que, quand une femme aimable, obligeante et bonne, avait pendant soixante ans, fait consister son exis-

(1) Il y a réuni la Briche, Ormesson, où il a établi une filature de coton ; il a, par des travaux utiles, des plantations, le desséchement des marais, de l'étang de Coquenard, assaini ce canton, qui était humide et mal sain.

tence à donner des soins, ce devait être un besoin pour elle que de les continuer (1). Pour comprendre ces choses là, il faut soi-même en être capable, ne pas courir après le bel esprit, et, comme madame d'*Houdetot*, *qui n'a jamais dit de mal de personne*, savoir plaire sans avoir recours à la méchanceté.

Madame d'Houdetot était donc dédommagée du peu d'agrément de sa figure par son esprit et son amabilité; encore, comme le disait Saint-Lambert, *elle n'avait de laid que le visage;* sa taille était gracieuse, et elle passait pour une des meilleures danseuses de son temps. Un jour elle était chez le prince de Conti, chaussée en mule. Le prince, qui désirait de la voir danser, devinant l'excuse qu'elle pouvait alléguer pour s'en dispenser, envoya chercher du ruban qu'il attacha lui-même pour fixer le pied dans la chaussure. Elle céda et recueillit les applaudissemens d'un cercle nombreux et connaisseur.

Jean-Jacques, en rendant à madame d'Houdetot les lettres qu'il en avait reçues, redemanda

---

(1) La liaison de madame d'Houdetot et de Saint-Lambert date de 1751; elle était mariée en 1748.

les siennes. Elle lui répondit qu'elle les avait brûlées. *L'on ne met point au feu de pareilles lettres*, s'écria-t-il, *on a trouvé brûlantes celles de Julie. Eh dieu! qu'aurait-on dit de celles-là?* Madame Broutain, qui demeurait à Cernay, dans le voisinage d'Eaubonne, voulant connaître la vérité, et désirant sans doute que ces lettres eussent été conservées, interroge un jour à ce sujet madame d'Houdetot, qui répondit qu'effectivement elle les avait brûlées, à l'exception d'une seule, qu'elle n'eut pas le courage de détruire, *parce que c'était un chef-d'œuvre d'éloquence et de passion*, et qu'elle l'avait remise à M. de *Saint-Lambert*.

Madame Broutain saisit la première occasion pour s'informer auprès du poète du sort de cette lettre : elle s'était égarée dans un déménagement, il ne savait pas ce qu'elle était devenue; telles furent ses réponses. Elle ne pouvait tomber en de plus mauvaises mains que dans celles d'un rival. On doit regretter ces lettres. On sait, par la *Nouvelle-Héloïse*, comment Jean-Jacques exprimait une passion factice, on aurait su quel langage lui inspirait une passion réelle.

2°. *Famille de M. d'Épinai.*

Il avait deux sœurs : l'une, madame d'Houdetot, dont nous avons parlé ; madame d'Épinai ne dit rien de l'autre : elle épousa M. Pinaud de Lucé, intendant d'Alsace.

Il est beaucoup question de l'un des deux frères de M. d'Épinai, qui porte le nom de Jully, dans les Mémoires, et surtout de la femme de celui-ci, dont madame d'Épinai raconte la conduite déréglée. Madame de Jully s'appelait *Cambon*, quoiqu'elle soit dans les Mémoires sous le nom *de le Brun*. Elles étaient trois sœurs également jolies : l'une épousa M. *la Corrée*, maître des requêtes, intendant de Besançon ; et l'autre, M. *du Bois de Courvel*, conseiller au parlement de . . . . ; la troisième inspira une vive passion à M. *de la Live* (*de Jully*). M. de Bellegarde, son père, s'opposa d'abord au mariage ; mais il y consentit bientôt, ne voulant pas contrarier plus longtemps les vœux d'un fils qu'il aimait tendrement. Puisqu'il est si malheureux, dit-il, j'aime mieux qu'il *choisisse* son malheur que de le faire moi-même.

Les mœurs de madame de Jully et celles

de madame d'Épinai avaient beaucoup d'analogie, et toutes deux eurent successivement plusieurs amans. Il paraît que M. de Jully ne connut point la conduite de sa femme, qui fut enlevée à vingt-deux ans par la petite-vérole : du moins est-il permis de le croire, d'après l'excès de sa douleur au moment de cette mort; elle fut telle qu'il en tomba malade; sa poitrine s'affecta; il donna même des marques d'aliénation. Il voyagea, se remaria ensuite, et mourut jeune encore, n'ayant jamais pu rétablir sa santé altérée par les regrets que lui avait causés la perte de sa femme. Ce qui faisait dire à madame d'Houdetot : *Mon frère est mort des suites d'un chagrin dont il était consolé.*

M. de Jully s'était marié en secondes noces à mademoiselle *Valkiers*, fille du banquier de la cour de Vienne à Bruxelles, et dont il eut monsieur *de la Live*, aujourd'hui introducteur des ambassadeurs, marié à madame Masson, veuve de monsieur de la Varennes (1) qui avait occupé la même place.

---

(1) Dans l'Examen des Mémoires, ainsi que dans les détails qui les suivent, l'objet que nous nous sommes proposé était de donner les moyens d'apprécier à leur

Madame d'Épinai parle aussi de ses deux enfans. Son fils s'est établi en Suisse, où il a

---

juste valeur le témoignage et la véracité de madame d'Épinai. Il y a des vérités qu'il est inutile de dire, et l'on aurait pu finir par oublier la conduite de cette femme, si elle-même n'avait pris l'inexplicable soin, non-seulement de confirmer ce qu'on savait, mais d'apprendre ce qu'on ignorait et qu'on n'aurait jamais su. S'il y a des secrets de famille qu'il faut couvrir du voile le plus épais, ce sont certainement ceux que l'auteur des Mémoires s'est plu à révéler. Il n'est pas de famille qui consentît à mettre le public dans ses confidences les plus intimes, parce qu'il y a toujours quelqu'ombre dans le tableau le plus parfait. Ce sont de ces vérités communes, de ces règles générales auxquelles il n'y a qu'un très-petit nombre d'exceptions, et madame d'Épinai s'est placée dans ce petit nombre. Nous étions fondés à croire que ses confidences scandaleuses se borneraient à ses Mémoires : c'était assez, c'était trop. Avec quelle surprise n'a-t-on donc pas vu paraître, il y a peu de temps, un ouvrage intitulé : *Conséquences médiates des révélations privées de madame de la Live d'Épinai* (Paris, chez *Dondey-Dupré*), ou *Lettres de M. de la Varennes, fils de l'ancien introducteur des ambassadeurs à la cour de France, à M. de la Live, son beau-frère, aujourd'hui introducteur ;* avec cette épigraphe : « L'honneur outragé ne connaît pas de » frein ; il doit entraîner dans sa propre chute tous » ceux qui en sont la cause, sans qu'aucune considéra-

épousé mademoiselle *Mayeur;* Pauline se maria à M. de Bessunce, dont elle eut une fille, aujourd'hui madame de Beuil.

» tion humaine puisse l'arrêter. Mon nom appartient à » ma famille et à mes descendans; je ne saurais le sa- » crifier à celui de mes ascendans qui seul l'a com- » promis. » L'auteur, M. *Taillepied de la Varennes*, donne des détails propres à perpétuer le scandale commencé par madame d'Épinai. Si les faits sont inexacts et les accusations calomnieuses, il sera facile de les contredire, et sans doute on devra le faire. L'ouvrage n'est pas posthume, ni exhumé trente-cinq ans après la mort de l'auteur, comme les *Mémoires :* il paraît devant tous les acteurs, les témoins ; l'accusateur est là et les faits sont de fraîche date ; mais, comme il a commis une erreur, nous devons la relever : c'est le motif pour lequel nous parlons de cet ouvrage, dont nous n'eussions rien dit, quoiqu'il soit une *conséquence* des révélations de madame d'*Épinai*.

M. de la Varennes, dans son avertissement, exprime son indignation de ce que les personnes intéressées, et particulièrement M. *de la Live,* ont laissé paraître les Mémoires dont ils auraient dû faire l'acquisition. Nous partagions la surprise que devait causer cette indifférence ; mais nous avons appris que plusieurs des personnages dont les familles sont mentionnées par madame d'Épinai, mus par le même intérêt et déterminés à faire des sacrifices communs, voulaient acheter le

Madame d'Épinai représente son beau-père comme un homme borné. Tous ceux qui ont connu M. de Bellegarde s'accordent à dire qu'il avait beaucoup d'esprit et de bonté ; il fermait les yeux quand il voyait des maux sans remèdes ; et l'historienne, qui est si souvent à côté de la vérité, a fait semblant de croire qu'il ne s'était aperçu de rien.

3°. *Duclos.*

Dans l'examen qui précède, nous n'avons fait qu'effleurer, pour ainsi dire, l'article de *Duclos*, nous contentant d'opposer au témoignage calomnieux de madame d'Épinai, une masse de témoignages des contemporains de *Duclos*. On conviendra, sans peine qu'il serait absurde, *souverainement absurde*, de croire la première sur parole à moins qu'elle ne parle d'elle, parce qu'on ne peut pas supposer qu'elle se calomnie.

---

manuscrit et empêcher l'édition, lorsqu'on leur dit qu'on en faisait une en Angleterre.

En 1783 l'Académie décerna à madame d'Épinai, pour les *Conversations d'Émilie*, le *prix d'utilité*. En 1818 ses Mémoires lui eussent fait obtenir un prix de scandale, si l'on en eût distribué de pareils.

Il n'existe aucun doute sur la brusque franchise de *Duclos*. Un homme franc ne peut être faux : on nous le présente comme faux : il y a donc quelque chose que l'on nous cache, et il est nécessaire de lever le voile.

Madame la marquise de *Rochefort*, devant qui l'on parlait un jour de bonheur et des élémens dont chacun le composait, dit : *celui de Duclos est facile à faire ; il ne lui faut que du pain, du fromage et la première venue.* Elle fit ensuite l'éloge de sa franchise, quoiqu'elle fût quelquefois excessive, ajoutant qu'elle aimait mieux cet excès que la réserve, parce qu'on savait sur quoi compter.

Jean-Jacques prétendait qu'il était *droit* et *adroit*. La droiture ne pouvant jamais être prise en mauvaise part, détermine ici le sens de l'*adresse*. Les États de Bretagne demandèrent et obtinrent des lettres de noblesse pour *Duclos*, démarche plus honorable encore que la récompense sollicitée. Rousseau mit, à cette occasion, dans la *Nouvelle Héloïse* (première partie), cette note laconique ; *les lettres de noblesse sont rares en ce siècle, et même elles y ont été illustrées au moins une fois.*

En rappelant ces faits, notre intention est *seulement* de démontrer que Duclos a joui jusqu'en 1818; c'est-à-dire, pendant sa vie, et quarante-six ans *après sa mort* (arrivée en 1772), d'une réputation honorable...... Ajouterons-nous que cette réputation fut ternie..... par qui.....? et qu'il a suffi, pour la flétrir, d'un écrit diffamatoire, publié vingt-cinq ans après la mort de l'auteur, et composé plus de soixante ans (1) avant l'époque de sa publication? Qui n'éprouverait, à de pareilles assertions, un frémissement d'indignation? qui pourrait se flatter, au soir de sa vie, de s'endormir en paix, et de léguer à ses enfans une réputation intacte? Mais rendons compte de nos recherches. Nous ne parlerons des mœurs de Duclos qu'à l'occasion de celles de madame d'Épinai. Parmi les *mœurs libres* de ce temps, celles de la maison d'Épinai, se distinguèrent en ce qu'elles étaient beaucoup *plus libres* encore. Elle nous en aurait instruit elle-même, si la tradition ne nous avait transmis des documens certains qu'elle a eu l'attention de confirmer. Or, c'est une circonstance relative à ces mœurs et personnelle à Duclos ainsi qu'à madame d'Épinai, qui fit de

(1) Je répète que les Mémoires sont censés (ou ont été réellement) écrits de 1746 à 1758.

cette dernière, une ennemie déclarée du premier. Expliquons ce mystère d'iniquité.

Madame d'Épinai raconte (tom. 1, p. 207), qu'à la nouvelle de la maladie du comte de *Frièse*, protecteur de *Grimm*, étant inquiète du sort de celui-ci *qui n'avait rien,* et que la mort du comte privait de toutes ressources, elle reçut la visite de *Duclos* qui lui annonça cette mort. Elle écrit aussitôt à *Grimm* un billet que *Duclos* lit et dont il se moque, lui disant qu'il n'était pas décent d'afficher qu'*elle était plus accablée que lui de son malheur; de l'appeler son tendre ami*, encore moins de lui déclarer *qu'elle ne respirait pas sans lui.* Pour toute réponse, elle écrit un second billet moins tendre que le premier, l'invite à venir la voir, annonçant que sa porte sera condamnée.

Duclos sort; madame d'*Épinai* cherche le premier billet, ne le trouve pas; écrit, pour le réclamer, à *Duclos* qui lui répondit qu'il l'avait vraisemblablement brûlé et qu'elle savait bien qu'il n'aimait pas les papiers inutiles.

Ce billet reparaît quelque temps après, dans un récit qne madame d'Épinai suppose avoir été écrit par Diderot qui rend compte d'une visite qu'il fit à Grimm, pour l'empêcher de s'attacher à une femme qui ne pouvait le rendre heureux parce qu'elle avait beaucoup d'inconstance, et lui donnerait un successeur. Le passé pouvait être un garant de l'avenir. Diderot veut démontrer à son ami la fausseté de madame d'Épinai. Grimm en demande des preuves. Ici, je laisse parler Diderot, ou madame d'Épinai qui le fait parler.

« Apprenez, Grimm, que madame d'Épinai » vous a trahi le jour même qu'elle avait choisi » pour vous rendre heureux. — Et comment » cela ? — Elle vous avait écrit pour vous donner » rendez-vous chez elle, n'est-il pas vrai ? » — Après. — Vous lui avez répondu par un » billet très-tendre ? — Très-tendre. — *Duclos* » arrive : Dans l'ivresse où elle était, elle lui » confia son bonheur et le conjura de s'en aller » pour la laisser en liberté. Elle avait fait des » recherches de toilette, des apprêts de volupté....... *Duclos*, prévoyant des suites fâcheuses » de cette liaison, par l'inconstance » naturelle de madame d'Épinai, et par l'idée » qu'elle a conçue de vous qu'il ne soupçonne » pas de se laisser jouer, l'effraya sur le danger » qu'elle courait en se livrant à cette fantaisie » passagère, et l'engagea à rompre, puisqu'elle » n'était pas satisfaite, et qu'il en était temps » encore. Elle se rendit à ses raisons, ou fei-

» gnit de s'y rendre. Il lui dit ensuite que ses » apprêts étaient trop beaux, trop séduisans » pour être perdus; elle en convint, et il fut » heureux en vous attendant. Puis il partit et » la laissa maîtresse de faire de vous tout ce » qu'il lui plairait. A mon grand étonnement » Grimm sourit d'abord de ce conte; puis il » en fut profondément indigné, et comme il » le devait, puisqu'il était absolument faux. » Et quand Duclos, me dit-il, a-t-il fabriqué » cette belle calomnie? — Mais il y a environ » quinze jours. — Apprenez, mon ami, qu'il » y a plus de six semaines que madame d'É- » pinai l'a chassé de chez elle; apprenez encore » que je ne lui ai point écrit de billet tendre; » qu'elle ne m'en a point écrit. — J'en ai vu » un de sa main écrit pour vous : elle l'a sa- » crifié à Duclos. — Qui vous dit qu'il est de » sa main? *Duclos* est capable de tout. — J'ai » vu nombre de ses billets à *Rousseau*, à » *Duclos*, je ne puis m'y méprendre. — Que » disait donc ce billet? — ma foi... attendez; » c'était, je crois, sur la mort du comte de » Frièse. »

Ce récit est un véritable *tour de force* en fait d'adresse. On y raconte, avec exactitude, la vérité, et cependant de manière à la faire passer pour un mensonge calomnieux.

Cette vérité consiste dans les faits suivans : *Duclos* va un soir chez madame d'*Épinai*, dont le mari était absent; la trouve dans un déshabillé galant et recherché; prête à cacheter un billet qu'elle venait d'écrire et qu'elle adressait à Grimm. Elle l'invitait, d'une manière pressante, à se rendre chez elle, lui faisant entrevoir les jouissances qui l'y attendaient. Il n'était nullement question du comte de Frièse. Duclos, qui avait de l'expérience, et connaissait le terrain, devine le contenu de ce billet, *en lit* l'explication et un commentaire suffisant dans la toilette de madame d'Épinai, forme le dessein de supplanter Grimm; devient pressant; il en avait acquis le droit. Il obtint le sacrifice et du billet et de celui à qui il était adressé. La porte est condamnée pour tout le monde et le lecteur sait le reste.

Quoique l'entretien de Diderot et de Grimm soit censé avoir eu lieu *six semaines* après la *prétendue expulsion de Duclos*, il est bon de remarquer que celui-ci se présente de nouveau chez madame d'Épinai, lui écrit même familièrement, envoie lui demander si elle passe la soirée chez elle, etc., de manière qu'il paraît entièrement ignorer qu'il *fut chassé* de chez cette dame. Elle emploie plus d'une fois cette expression : à l'entendre, elle a *chassé Duclos*, elle a chassé *Jean-Jacques*. La bonne dame n'a jamais chassé personne. Elle se calomnie.

La Châtre avait au moins eu le *billet de Ninon. Grimm, ce jour là*, n'eut rien. Quant à Duclos il eut, outre le billet,

Bon souper, bon gîte et le reste.
LAFONTAINE.

4°. *Madame d'Houdetot.*

Nous recevons à l'instant, de madame la vicomtesse d'Allard, cette notice par laquelle nous terminons nos anecdotes. Quelques-unes s'y retrouvent, mais racontées avec une grace qui leur donne un nouvel intérêt.

« Rousseau, dans ses Confessions, a dévoué le nom de madame la comtesse d'Houdetot à l'immortalité. Lady Morgan, dans un ouvrage (1) qui a été beaucoup lu, en a parlé d'une manière très-erronnée et très-inconvenante. Enfin, les Mémoires de madame d'Épinai, qui resteront parce qu'ils sont amusans et

(1) Cet ouvrage, fort mauvais, a dû quelque célébrité à la réputation que son auteur s'était faite par des romans assez jolis. (*Note de madame d'Allard*).

parce qu'elle se donne une célébrité peu digne d'envie, viennent encore d'exciter l'attention du public, sur madame d'Houdetot. Rousseau est le plus vrai de ceux qui ont parlé d'elle. Il n'est pourtant pas tout à fait exact. Madame d'Épinai l'est encore moins. Mais, avant de relever les erreurs qui sont dans ces ouvrages, je dois dire que mon motif, pour les rectifier, est uniquement l'amour du vrai, et que ce vrai est plus avantageux à madame d'Houdetot que ce qu'on a mis ou ajouté dans ce qu'on a dit d'elle. Il faut faire connaître aussi pourquoi je suis bien instruite. Mon père a habité trois ans la maison de madame la marquise de Verdelin, à l'époque où la société de madame d'Épinai et de ses belles sœurs étoit une des plus brillantes de Paris. Il avait rencontré, chez cette dame, plusieurs de ceux qui la composaient et avait fort entendu parler des autres. Il m'en a souvent entretenu. J'ai connu plusieurs personnes qui avaient été liées avec ces dames, entre autres M. Saurin, de l'académie française. Enfin, ayant habité une campagne voisine de celle de madame d'Houdetot, j'ai, l'espace de treize ans, vécu habituellement dans sa société, et même pendant deux de ces années je l'ai vue presque tous les jours. »

» Tout ce que Rousseau a dit de son caractère et de son amabilité est parfaitement vrai; je crois qu'il n'a pas rendu tout à fait justice à son esprit. Il avait assurément le droit d'être fort difficile, et de peu admirer à cet égard, mais en comparant madame d'Houdetot à d'autres femmes, il aurait pu la louer davantage. Plus vaine et moins paresseuse elle se serait fait un nom dans la littérature; elle était tout-à-fait sans prétention. Je citerai des traits qui le prouveront. »

» Quoique Rousseau avoue qu'elle n'était point belle, il a vu sa figure avec illusion. Ce sera une consolation pour les femmes laides, d'apprendre que madame d'Houdetot, qui l'était beaucoup, a dû à son esprit, et surtout à son charmant caractère d'être si passionément et si constamment aimée. Elle avait non-seulement la vue basse et les yeux ronds, comme le dit Rousseau, mais elle était excessivement louche, ce qui empêchait que son ame se peignît dans sa physionomie. Son front était très-bas, son nez gros; la petite vérole avait laissé une teinte jaune dans tous ses creux, et les pores étaient marqués de brun. Cela donnait un air sale à son teint qui, je crois, était beau avant cette maladie. Comme le dit Rousseau, ses mouvemens avaient de la gaucherie et de la grace; sa vue, très-basse, leur donnaient de l'incertitude, mais comme elle était bien faite, qu'elle avait eu pour maître à danser le fameux *Marcel*, elle avait de la grace. Sa gorge était belle, ses mains et ses bras jolis, ses pieds mignons. »

» Madame d'Houdetot avait l'imagination vive, le cœur tendre et une bonté parfaite. Je crois que dans sa jeunesse, elle a dû très-souvent agir sans réflexion, et peut-être même n'a-t-elle jamais été tout-à-fait corrigée de ce défaut. Mais son cœur était droit et son esprit juste; il était rare, lorsqu'il s'élevait une discussion, qu'elle ne la terminât par un apperçu juste et fin qui ne laissait plus rien à dire. J'ai vu des gens qui étaient blessés de cette qualité de son esprit. *Elle nous réduit au silence*, disaient-ils. Avec la laideur dont j'ai fait une description vraie, jamais elle n'a éprouvé la moindre envie contre les belles femmes; elle les louait avec plaisir et de bonne foi : tendre et point vaine, étant aimée, elle ne désirait rien de plus. »

» L'attachement de madame d'Houdetot pour Saint-Lambert a toujours conservé les illusions, la pensée habituelle, le dévouement et tous les petits soins de l'amour; mais rien n'a pu me donner l'idée qu'il ne fût pas, depuis long-temps, aussi pur que l'amitié. C'est pour lui qu'elle fit ces jolis vers (1) : »

Jeune, j'aimais le temps de mon bel âge ;
Ce temps si court, l'amour seul le remplit.
Quand j'atteignis la saison d'être sage,
Toujours j'aimai, la raison me le dit.
Mais l'âge vient et le plaisir s'envole ;
Mais mon bonheur ne s'envole aujourd'hui,
Car j'aime encor et l'amour me console ;
Rien n'aurait pu me consoler de lui.

» Je lui ai entendu dire ces vers en 1788, comme les ayant faits depuis long-temps pour imiter la manière de Marot; car elle

(1) Madame d'Houdetot, avant d'être mariée (elle le fut à dix-huit ans), était particulièrement confiée aux soins de madame d'Esclavelles, sa tante, qui ne s'était point séparée de sa fille, madame d'Épinai. Madame d'Esclavelles avait une dévotion minutieuse : remarquant que sa nièce faisait des vers facilement, elle voulut l'en empêcher. Voyant que ses défenses étaient inutiles, elle confisqua le papier. Désirant que mademoiselle de la Live devînt une femme de ménage, elle lui prescrivit de recevoir et vérifier les comptes des dépenses de la maison. Un jour, apercevant des interlignes dans le compte du cocher, la jeune personne les remplit par des vers : la tante arrive, la surprend, la gronde et va chercher M. de Bellegarde ; celui-ci com-

avait trop de décence pour avouer qu'elle les eût fait pour son amant. Lady Morgan a défiguré ces vers et rendu l'anecdote fort ridicule, en leur donnant pour date les dernières années de madame d'Houdetot, et les adressant à un homme qu'elle ne connaissait que depuis peu de temps. »

» Je dois dire qu'il n'est pas étonnant que madame d'Houdetot, ayant eu pendant cinquante ans l'habitude de soins et d'attention extrêmes, qui ne changèrent point quand l'amour fut devenu amitié, elle crut qu'ils étaient inséparables de l'attachement, et c'est ce qui a causé les formes extraordinaires et inusitées de son amitié pour M. de Saint-Lambert (1). »

---

mence à gronder un peu, se saisit du papier, lit les vers, les trouve jolis, et, voyant une correction à faire, prend la plume : sa fille lui saute au cou, l'embrasse, bien sûre qu'une faute ainsi corrigée n'était pas inexcusable.

(1) M. *Choderlos de Laclos*, fort avare d'éloges, a fait un portrait de madame d'Houdetot dont voici quelques passages : « Madame d'Houdetot, vraie, bonne, » généreuse, commença par aimer avec tendresse et » finit par tomber dans l'admiration, sentiment qu'exi- » geait son philosophe ami ; il ne se contentait pas à

» Venons aux Mémoires de madame d'Épinai ; leur existence, par le seul fait de cette dame, me paraît incompréhensible. Qu'une femme heureuse par une passion tendre cherche à en fixer le souvenir, cela est naturel ; qu'une belle femme, au moment où elle cesse d'avoir des succès, se rappelle ceux qu'elle a obtenus, rien de moins étonnant ; qu'enfin une femme calomniée tente une justification presque toujours inutile, on comprend ses espérances :

» moins.... Son amant fit son bonheur, ses amis firent
» sa gloire. Jamais on ne connut mieux la délicatesse
» de ce sentiment si doux ; jamais on n'en fit plus aimer
» les devoirs. Des nombreuses qualités de l'esprit, la
» simplicité est celle qui rend la plus heureuse celle
» qui la possède, et les moins malheureux ceux qui la
» voient dans les autres. Cette simplicité précieuse est
» le grand trait caractéristique de madame d'Houde-
» tot ; elle n'a jamais fait de livres ; elle ne s'est point
» exposée à l'orage des chutes, ni à l'ivresse des succès,
» et cependant la littérature a été sa constante occu-
» pation : entourée de beaux-esprits, d'amateurs, d'ar-
» tistes, elle a dû prendre part à cette foule de pro-
» ductions qui se multiplient à Paris plus qu'ailleurs....
» L'amour fut pour elle ce qu'il doit être, l'occupation
» et le bonheur de la vie. Ce sentiment est une faiblesse
» quand il ne s'explique que par les sens, quand il ne
» flatte que la vanité, qnand il ne remplit que les vides

mais rien de tout cela dans madame d'Épinai ; rien de flatteur pour sa sensibilité ou pour son amour-propre dans ses aveux, et ils sont tels qu'ils suffisent pour la déshonorer. Quoiqu'on ait dit pis encore sur son compte, on doit se taire quand on ne peut mieux se justifier. Il est sûrement fort étrange qu'une femme qui n'a jamais méconnu les devoirs de la maternité, traite le père de ses enfans comme madame d'Épinai traite son mari. Je ne vois donc, dans ses Mémoires, qu'une justification et un

---

» des journées ; mais, lorsqu'il nous assujettit un second » être, quand il est la source de toute notre existence, » alors il est pour nous ce que le soleil est à la terre, » ce que la rosée est à la végétation, ce que l'électri- » cité est à tous les corps...... Elle eut la passion des » voyages, sans presque jamais la satisfaire. Tout plaisir » la flattait, s'il s'accordait avec la paresse : non pas » cette apathie destructive de toute espèce de jouis- » sances, mais cette insouciance combinée qui pré- » fère la privation de toutes ses peines aux soins qui » accompagnent tous les projets.

» Madame d'Houdetot vécut avec des athées, avec » des dévots, avec des prudes, avec des étourdis, et » vécut avec tous sans jamais leur sacrifier rien de son » caractère primitif : tous n'eurent pas également à » s'en louer, aucun n'eut à s'en plaindre. »

éloge de Grimm, et une tentative pour rejeter tous les torts de la rupture sur Rousseau. Quand on réfléchit que ces Mémoires sont restés près de trente ans dans les mains de Grimm, que lui-même les a désignés par le titre d'*ébauche d'un long roman*, qu'il n'a pas voulu les publier quand il existait des personnes qui pouvaient démentir les faits, cette conjecture devient une certitude; et, quand on y trouve beaucoup de détails, relatifs à la famille de madame d'Épinai, faux et défigurés, on est certain que si cette dame a fourni les premiers matériaux, ce n'est pas elle qui leur a donné la forme sous laquelle ils ont été publiés (1). Une femme n'y aurait mis ni autant de cynisme, ni autant de maladresse.

» Grimm avait trop d'esprit et d'usage du monde pour ne pas sentir que madame d'Épinai était plus inculpée par ses Mémoires que par les Confessions; mais il voulait se louer et se justifier sous le nom d'un autre, et surtout inculper Rousseau; sans cela il n'aurait pas ter-

---

(1) L'auteur de cette notice paraît croire que Grimm a fait les mémoires sur des matériaux et des lettres laissés par madame d'Épinai.

miné l'*ébauche d'un long roman*, et aurait détruit ce que lui avait confié son amie. »

» Je doute que madame d'Épinai eût peint son beau-père comme un Cassandre. Il l'avait recueillie dans ses malheurs de fortune, l'avait mariée à son fils qui devait en avoir beaucoup, et il la combla toujours d'amitié. J'ai ouï parler de lui comme d'un homme d'esprit d'une parfaite bonté. »

» Voici ce que j'ai entendu raconter à madame d'Houdetot sur le premier mariage de M. de la Live : « Il était éperduement amou-
» reux de mademoiselle Cambon, belle et
» charmante personne. Mon père s'opposa à
» ce mariage parce qu'il n'estimait pas la mère
» et qu'il n'approuvait pas l'éducation qu'elle
» avait donnée à ses filles. Mon frère étant
» tombé fort malade, la crainte de le perdre
» arracha le consentement de mon père. J'aime
» mieux, dit-il, qu'il ait le malheur de son
» choix que de le rendre malheureux moi-
» même. Mademoiselle Cambon rendit effecti-
» vement mon frère très-malheureux ; mais,
» étant morte dans la fleur de son âge et de
» sa beauté, son amour se ranima ; il fut si
» affligé de sa mort que sa santé en souffrit
» beaucoup ; et, quoiqu'il eût trouvé dans ma-

» demoiselle *de Valkiers*, sa seconde femme, » des agrémens unis à une raison supérieure » et à des vertus solides, qu'il l'eût appréciée » tout ce qu'elle valait, sa santé ne se remit » pas des atteintes que lui avaient portées ses » anciens chagrins. »

» J'observerai que l'aîné des trois frères de madame d'Houdetot s'appelait *la Live*, et que c'était un de ses cousins qui portait le nom de *Jully*. Madame d'Épinai n'eût pas commis cette erreur. »

» Donnant de longs détails sur les difficultés qui eurent lieu au partage de la succession de M. la Live de Bellegarde, elle ne parle pas de madame de Lucé, sœur aînée de madame d'Houdetot, femme de l'intendant d'Alsace. M. de Lucé, qui avait trois enfans, prit certainement part à ce partage. »

» M. d'Houdetot, si mal traité dans ces Mémoires, l'est très-injustement, et apparemment pour faire contraste. »

» Loin d'être *laid comme le diable*, il était, quand je l'ai connu, un très-beau vieillard, grand, bien fait, et ayant une physionomie pleine de bonté; il avouait pourtant qu'il n'avait jamais eu l'air jeune. Il est vrai qu'il avait eu la passion du jeu; elle lui avait coûté sa fortune et une portion de celle de sa femme. Mais voici un trait fort honorable pour lui : ayant perdu une somme très-considérable, il demanda à madame d'Houdetot de s'engager pour qu'il pût l'emprunter ; elle hésita, car cette somme était très-forte ; après quelques réflexions elle y consentit, en exigeant sa parole d'honneur qu'il ne jouerait plus : il la donna et l'a tenue. Je crois que ce seul trait fait son éloge et prouve que madame d'Houdetot estimait beaucoup son mari. Il répond aussi à toutes ces petites vilaines accusations d'avarice et de bassesses dont il est noirci dans les Mémoires. Il avait une parfaite politesse, un excellent ton ; je l'ai vu long-temps dans l'intimité, et son humeur m'a toujours paru égale et douce. »

» Il ne fut ni un mari jaloux et brutal, comme le peint madame d'Épinai, ni un mari commode, comme le dit lady *Morgan*. Voici la vérité que je tiens de *Saint-Lambert*. »

» M. d'Houdetot avait une passion vive avant son mariage ; cet attachement a duré jusqu'à la mort (arrivée en 1793) de la personne qui le lui avait inspiré. La marquise d'Aubeterre, première femme du marquis de ce nom, femme vertueuse et austère, voyant la passion que son amie, madame d'Houdetot, prenait pour Saint-Lambert, fit ce qu'elle put pour rompre cette liaison ; n'y pouvant réussir, elle crut de son devoir d'avertir le mari (1) ; voici sa réponse : « Madame d'Houdetot et moi nous avons été » mariés par nos parens, très-jeunes et sans » nous connaître ; en nous connaissant il s'est » trouvé que nous ne nous convenions pas, » quoique nos caractères soient bons. Je ne » puis rendre ma femme heureuse ; je n'ai le » droit que de lui demander de la décence » dans sa conduite. »

» La morale chrétienne commande mieux que cela ; mais, humainement, il y a justice et bonté à n'exiger que ce qu'on accorde. Je sais que M. d'Houdetot a regretté que, doué tous deux d'une grande constance, ils n'eussent pas eu réciproquement ce qu'il fallait pour se plaire et s'aimer : nous eussions été bien heureux, disait-il. »

---

(1) Saint-Lambert racontait cette anecdote comme une preuve du grand sens et de la bonté de M. d'Houdetot ; mais il blâmait avec raison madame d'Aubeterre qui devait s'en tenir à ses représentations, au lieu de risquer, par un avertissement au moins imprudent, s'il n'était donné avec méchanceté, de troubler le bonheur de trois personnes.

» Il est faux que M. de Bellegarde ait trouvé mauvais que son gendre eût placé la dot de sa femme sur une terre en Normandie ; il était naturel que M. d'Houdetot, d'une maison des plus anciennes dans cette province, désirât que le bien de ses enfans y fût situé ; et, la preuve que l'acquisition de la Mailleraie (1) était bonne, c'est que la duchesse de Chaulnes, immensément riche, s'étant engouée de la beauté de cette position, et voulant l'avoir à tout prix, en donna un million, trois ans après que M. d'Houdetot l'eût achetée six cent mille fr. »

» Madame d'Houdetot n'a été privée d'aucun des avantages que la naissance de son mari et

---

(1) C'est dans ce château de la Mailleraie que se fit la réunion dont madame d'Épinai parle dans ses Mémoires (t. 2, p. 2). *Francueil* y accompagnait madame de *Versel*, qu'il commençait à préférer à madame d'*Épinai*. Cette madame de *Versel*, à qui l'éditeur n'a pas rendu son véritable nom, était madame *Dubois de Courval*, sœur de madame de *Jully*. Madame d'Épinai qui s'écrie si douloureusement : *Tout ce qui m'entoure est flétri ; de quinze jours ils ne se quitteront ni jour ni nuit ; je le cherche, je ne le trouve point ;* madame d'Épinai se fit conduire à la Mailleraie par son mari ; comme elle ne songe qu'à Francueil, elle a oublié de nous conter une scène dont le souvenir mérite d'être

sa fortune pouvaient lui procurer. Sa maison était tenue d'une manière fort honorable, et elle a été assiduement à la cour tant qu'a vécu la reine Marie de Pologne; cette reine, qui aimait l'esprit et qui en avait, traitait fort bien madame d'Houdetot; mais, lorsqu'il y eut une jeune cour, elle se trouva trop vieille pour y paraître. »

» Il est faux que la maison qu'elle habitait à Eaubonne fût très-laide; Rousseau dit qu'elle était assez jolie. J'ai été dans cette maison qui, je crois, avait été réparée; elle était alors très-jolie : ses jardins sont agréables, dans une belle position, et traversés par un charmant ruisseau.

---

conservé. Tous les hôtes de madame d'Houdetot lui annoncent, la veille de leur départ, que le lendemain de grand matin ils se mettent en route pour Paris. Madame d'Houdetot veut les retenir, et leur reproche de n'avoir pas vu sa forêt qui était magnifique : ces dames répliquent qu'elles ont peur d'être oubliées à Paris et qu'elles ne peuvent différer leur départ. Nouvelles instances, nouveaux refus; enfin, pour ne point partir sans avoir vu cette forêt, elles proposent de la voir aux flambeaux : on en dispose le plus grand nombre possible, et l'on va passer la nuit dans les bois et les visiter *aux lumières*. On partit pour Paris au point du jour.

Je passais un jour avec madame d'Houdetot devant cette maison; elle me dit : c'est sous cet acacia, au bord de ce ruisseau, que Rousseau me lisait son Héloïse à mesure qu'il la composait! On voit par cette exclamation, au bout de trente ans, qu'il lui était resté de tout cela un souvenir agréable. »

» Madame B., mon amie, ayant demandé en ma présence à madame d'Houdetot s'il était vrai qu'elle eût brûlé les lettres de Rousseau; elle répondit : Oui, je les ai brûlées; mais il y en avait une qui était un tel chef-d'œuvre d'éloquence et de passion, que, ne voulant ni la garder, ni la détruire, je l'ai remise à M. de Saint-Lambert. Madame B. demanda à M. de Saint-Lambert s'il l'avait conservée : Je l'ai perdue dans un déménagement, fut sa réponse. Comme il était encore jaloux de Rousseau, je crois que ce sentiment la lui avait fait détruire. »

» Madame d'Houdetot n'était point, comme l'a cru Rousseau, enthousiaste de Diderot; elle m'a dit qu'elle n'avait jamais pu s'habituer au cynisme et à l'immoralité de ses opinions. Je dois convenir, ajouta-t-elle, que sa conduite, contre l'ordinaire, valait mieux que ses principes, et qu'il avait des vertus. Je lui parlai alors de la note de Diderot dans la vie de Sénèque : elle est très-blâmable, dit-elle. Mais Rousseau avait irrité son amour-prore, et un homme de lettres, blessé dans son orgueil, ne sait pas s'arrêter dans la vengeance. Elle croyait que Diderot, dans l'origine, n'avait eu que le tort d'employer des détours pour séparer Rousseau de Thérèse et de sa mère. Il eût été heureux qu'il eût réussi, me dit-elle, mais je lui avais prédit le non-succès et la brouillerie qui devait suivre. »

» Je lui parlai de Grimm.—Il a eu de grands torts avec Rousseau.—Voyant qu'elle ne voulait pas les expliquer, je ne la pressai pas davantage. »

» Je fis les mêmes questions à Saint-Lambert, qui répondit de même sans vouloir s'expliquer davantage; ils ne voulaient ni l'un ni l'autre dire du mal de madame d'Épinai. »

» J'ai promis de citer un trait prouvant le peu de prétention que madame d'Houdetot mettait à ses vers. D'abord, elle n'en a jamais écrit aucun, et c'est à la mémoire de ses amis qu'on doit le petit nombre de ceux que l'on connaît. Voici l'anecdote que j'ai promise. »

» Quelqu'un ayant demandé à madame d'Houdetot de lui indiquer une bonne traduction du

Pastor fido, je n'en connais point, mais si vous voulez, je vous réciterai deux scènes que j'ai traduites à l'âge de quinze ans, et que je n'ai jamais dites à personne. Ces deux scènes étaient pleines de grâces, d'harmonie et de facilité; elles enchantèrent celle qui les écoutait, et le soir elle engagea madame d'Houdetot à nous les dire. Nous fûmes enchantées comme elle, et M. de Saint-Lambert, non moins admirateur que nous, gronda très-sérieusement l'auteur de ne les lui avoir jamais montrées. »

Disons un mot des mœurs de Paris, à cette époque. On aurait tort d'en juger par celles de la société de madame d'Épinai, dans laquelle régnait une liberté qui dégénérait en licence. Elle était formée de gens de lettres, d'artistes et de jeunes femmes. Il y en avait, parmi celles-ci, douze environ qui moururent avant leur vingt-cinquième année; ayant probablement adopté pour leur vie, la devise de cette princesse qui voulait faire la sienne *courte et bonne*. Répandues d'abord dans les autres cercles où la décence était plus observée, elles finirent par n'y plus aller que rarement pour se réunir entre elles et plus souvent chez madame d'Épinai qui semblait en être le centre. On y voyait *Jelyotte*, connu par ses succès, et renommé par une discrétion si rare, qu'on ne les apprenait jamais par lui. *Introduit* chez quelques dames de la plus haute distinction, il n'était pas *reçu* dans leur société, tandis qu'il paraissait dans celle de madame d'Épinai. Saint-Lambert, interrogé sur les jeunes femmes qui la composaient, poussé de question sur la légèreté de leur conduite, répondait toujours : *oui, la chose est vraie*, mais elles *étaient bien aimables*, elles *étaient charmantes*. C'était le refrein par lequel il terminait toutes les concessions que la vérité l'obligeait de faire. Dans les premiers temps de sa liaison avec madame d'Houdetot, il demeurait chez le maréchal de Beauvau, avec lequel il avait été élevé et qui était son ami. Il y voyait une société d'un autre genre qu'il négligea peu à peu pour celle de madame d'Épinai où l'on devait être plus à l'aise; bientôt, cependant, il y fut moins assidu parce que madame d'Houdetot lui formait un cercle qui lui convenait encore mieux. Là, dit *M. Delaclos, on le louait avec profusion ; c'est quelque chose*, *mais il fallait encore un pas, et c'est à ce degré sublime qu'elle monta pour n'en jamais descendre. Elle l'a toujours admiré.*

Peut-être serait-il difficile de porter un jugement général sur les mœurs de ce temps, à cause des différences. Celles de la cour et de la ville ne se ressemblaient pas; et dans ces dernières, il y avait beaucoup de nuances. Mais il est vrai de dire qu'il ne serait pas juste de juger rigoureusement de ces sociétés par celles de madame d'Épinai, qui était *notée* parmi les plus remarquables.

RÉSUMÉ.

Voici les motifs pour lesquels on peut croire que madame d'Épinai n'est point l'auteur des Mémoires qui portent son nom.

1°. Comme elle entre dans le détail des partages de famille, et que les parts étaient de douze à quinze cent mille francs, elle n'aurait point oublié sa sœur, madame de Lucé, dont il n'est pas question.

2°. Elle devait connaître le nom de son beau-frère; or, elle lui donne celui de son cousin.

3°. Elle décrit avec inexactitude des localités qu'elle connaissait parfaitement.

4°. Si elle pensait réellement que l'aveu de ses galanteries ne nuisait en rien à l'honneur de ses enfans, ce qui pouvait être, il lui était impossible de croire qu'il en était ainsi en jetant du louche sur la probité de leur père.

Ces circonstances et les sentimens que fait éprouver la lecture de cet ouvrage, nous autorisent à présumer que Grimm en est le principal auteur. Ce qui n'empêche pas que celui-ci ne sait point captiver l'intérêt, parce qu'on plaide toujours mal une mauvaise cause, et qu'on ne persuade jamais quand soi-même on n'est pas persuadé.

VERS DE MADAME D'HOUDETOT.

A madame de Beauveau.

Malgré tant de malheurs, dans une paix profonde
Je passe encore ici les momens les plus doux :
J'y puis, auprès de vous, oublier tout le monde,
Ce qu'il eut de meilleur je le retrouve en vous.
Ces grâces, ces vertus, dont vous étiez l'exemple,
Je les ai vu s'évanouir;
Mais votre retraite est un temple
Où je viens encore en jouir.
Telle une colonne superbe,
Monument des jours de splendeur,
Ne peut nous dérober sous l'herbe
Le souvenir de sa grandeur.

Dans votre asyle solitaire,
Heureuses de nous rassembler,
Cherchons du moins à nous distraire,
Ne pouvant pas nous consoler.

Madame la duchesse de la Vallière, sœur du maréchal de Noailles, était la plus belle femme de la Cour; elle conserva sa beauté jusque dans l'âge le plus avancé. Ce *phénomène* inspira les vers suivans à madame d'Houdetot :

La nature, prudente et sage,
Force le temps à respecter
Les charmes de ce beau visage
Qu'elle n'aurait pu répéter.

On sera peut-être curieux de comparer les vers de madame d'Houdetot, sur la vieillesse (page 57), avec ceux de Saint-Lambert, sur le même sujet, et surpris peut-être encore de voir du quel côté est la philosophie dans ce parallèle.

Malheur à qui les dieux accordent de longs jours
Consumés de douleurs vers la fin de leurs cours!
Il voit, dans le tombeau, ses amis disparaître.
Et les êtres qu'il aime arrachés à son être;
Il voit autour de lui tout périr, tout changer;
A la race nouvelle il se trouve étranger;
Et, lorsqu'à ses regards la lumière est ravie,
Il n'a plus en mourant à perdre que la vie.

Saisons. — Automne.

PIÈCES JUSTIFICATIVES, N° I.

N° 1. *Première lettre, d'après les Mémoires de madame d'Épinai*, p. 86, t. 3.

« Je suis en peine de vous, mon ours; vous m'aviez promis, il y a cinq jours, que je vous verrais le lendemain; vous n'êtes point venu et vous ne m'avez rien fait dire; vous n'êtes point accoutumé à me manquer de parole. Vous n'avez sûrement pas d'affaires : si vous aviez du chagrin, mon amitié s'offenserait que vous m'en fissiez mystère. Vous êtes donc malade? tirez-moi de mon inquiétude, mon bon ami, elle est proportionnée aux sentimens que vous me connaissez pour vous. »

N° 2. *Réponse.*

« Je ne puis vous rien dire encore, j'attends d'être mieux instruit et je le serai tôt ou tard. En attendant soyez sûre que l'innocence outragée trouvera un défenseur assez ardent pour donner quelque repentir aux calomniateurs quels qu'ils soient. »

N° 3. *Deuxième lettre de madame d'Épinai.*

« C'est de vos nouvelles que je demande; votre billet ne m'en apprend pas. Il est une énigme à laquelle je ne comprends rien. J'attends de la con-

MÊMES LETTRES D'APRÈS J.-J. ROUSSEAU,

CONFESSIONS, LIVRE IX.

N° 1. *Première lettre de madame d'Épinai.*

« Pourquoi donc ne vous vois-je pas, mon cher ami? je suis inquiète de vous. Vous m'aviez tant promis de ne faire qu'aller et venir de l'hermitage ici. Sur cela je vous ai laissé libre, point du tout, vous laissez passer huit jours. Si on ne m'avait pas dit que vous étiez en bonne santé, je vous croirais malade. Je vous attendais avant-hier ou hier et je ne vous vois point arriver. Mon Dieu, qu'avez-vous donc? vous n'avez pas d'affaires, vous n'avez pas non plus de chagrins; car je me flatte que vous seriez venu sur le champ me les confier. Vous êtes donc malade? tirez-moi d'inquiétude bien vite, je vous en prie. Adieu, mon cher ami, que cet adieu me donne un bon jour de vous ».

N° 2. *Réponse de Jean-Jacques.*

Elle est entièrement conforme à celle que madame d'Épinai a insérée dans ses Mémoires, excepté qu'au lieu de l'innocence *outragée* il y a, dans les Confessions, l'innocence *accusée.*

N° 3. *Deuxième lettre de madame d'Épinai.*

» Savez-vous que votre lettre m'effraie? Qu'est-ce qu'elle veut donc dire? Je l'ai relue plus de plus de vingt-cinq fois. En vérité je n'y comprends rien.

fiance et de l'amitié un langage plus conforme à mes sentimens pour vous. Vous savez si vous pouvez disposer de moi. Au premier mot je suis à vous. »

N° 4. *Réponse de Jean-Jacques.*

« Je ne puis ni vous aller voir ni recevoir votre visite tant que durera l'inquiétude où je suis. La confiance dont vous parlez n'est plus et il ne vous sera pas aisé de la recouvrer. Je ne vois à présent dans votre empressement que le désir de tirer des aveux d'autrui des avantages qui conviennent à vos vues ; et mon cœur si prompt à s'épancher dans un cœur qui s'ouvre pour le recevoir, se ferme à la ruse et à la finesse. Je reconnais votre adresse ordinaire dans la difficulté que vous trouvez à comprendre mon billet. Me croyiez-vous assez dupe pour penser que vous ne l'ayez pas compris? Non, mais je saurai combattre et vaincre vos subtilités à force de franchise. Je vais m'expliquer plus clairement afin que vous m'entendiez encore moins. Deux amans bien unis et dignes de s'aimer me sont chers. Je m'attends que vous ne saurez pas qui je veux dire, à moins que je ne vous les nomme. Je présume qu'on a tenté de les désunir et que c'est de moi qu'on s'est servi pour donner de la jalousie à l'un des deux. Le choix n'est pas fort adroit, mais il a paru le plus commode à la méchanceté et cette méchanceté, c'est vous que j'en soupçonne.

J'y vois seulement que vous êtes inquiet et tourmenté et que vous attendez que vous ne le soyez plus pour m'en parler. Cher ami, est-ce là ce dont nous étions convenus? Qu'est donc devenue cette amitié, cette confiance, et comment l'ai-je perdue? Est-ce contre moi ou pour moi que vous êtes fâché? Quoiqu'il en soit, venez ce soir, je vous en conjure : souvenez-vous que vous m'avez promis, il n'y a pas huit jours, de ne rien garder sur le cœur et de me parler sur-le-champ. Mon cher ami, je vis dans cette confiance. Tenez, je viens encore de lire votre lettre : je n'y conçois pas davantage, mais elle me fait trembler. Il me semble que vous êtes cruellement agité. Je voudrais vous calmer : mais comme j'ignore le sujet de vos inquiétudes, je ne sais que vous dire, sinon que me voilà tout aussi malheureuse que vous, jusqu'à ce que je vous aie vu. Si vous n'êtes pas ici ce soir à six heures, je pars demain pour l'Hermitage quelque temps qu'il fasse et dans quelque état que je sois; car je ne saurais tenir à cette inquiétude. Bonjour, mon cher bon ami; à tout hazard, je risque de vous dire, sans savoir si vous en avez besoin oui ou non, de tâcher de prendre garde et d'arrêter les progrès que fait l'inquiétude dans la solitude. Une mouche devient un monstre; je l'ai souvent éprouvé. »

J'espère que ceci devient plus clair. Ainsi donc, la femme du monde pour laquelle j'ai le plus d'estime et de respect aurait, de mon sçu, l'infamie de partager son cœur et sa personne entre deux amans? et moi, dont le cœur n'est ni sans délicatesse, ni sans fierté, je serais paisiblement l'un de ces deux lâches? Si je savais qu'un seul moment de la vie vous eussiez pu avoir d'elle et de moi une pensée si basse, je vous haïrais jusqu'à la mort. Mais c'est seulement de l'avoir dit et non de l'avoir cru que je vous taxe. Je ne comprends pas, en pareil cas, auquel des trois vous avez voulu nuire, mais si vous aimez le repos, craignez d'avoir eu le malheur de réussir. Je n'ai caché, ni à vous ni à elle, tout le mal que je pense de certaines liaisons, mais je veux qu'elles finissent par un moyen aussi honnête que sa cause et qu'un amour illégitime se change en une éternelle amitié. Moi, qui ne fis jamais de mal à personne, servirais-je innocemment à en faire à mes amis? Non, je ne vous le pardonnerais jamais : je deviendrais votre irréconciliable ennemi. Vos secrets seuls seraient respectés, car je ne serai jamais un homme sans foi. Je n'imagine pas que les perplexités où je vis depuis plusieurs jours, puissent durer bien long-temps encore. Je ne tarderai pas sans doute à savoir si je me suis trompé : alors j'aurai peut-être de grands torts à réparer et je n'aurai rien fait de ma vie de si bon cœur. Mais savez-vous comment je rachè-

OBSERVATIONS.

On voit qu'il y a une différence totale entre les deux versions. Cette seconde lettre de Madame d'Épinai est beaucoup plus tendre et plus carressante que celle qu'elle rapporte. Le fond de la question reste toujours le même et aucune des deux lettres n'inculpe ou ne justifie l'accusateur ou l'accusée. Mais il y a une remarque à faire. C'est que Madame d'Épinai, par cette tendresse dans ses expressions, augmente les torts de Jean-Jacques en opposant à sa méfiance une confiance inquiète et amicale. Si les deux lettres avaient été écrites et dans les mains de Rousseau, il aurait certainement préféré, dans l'intérêt de sa cause, celle qui est rapportée dans les mémoires.

N° 4.

Réponse de Jean-Jacques, conforme, à quelques expressions près (très-indifférentes), à la même réponse rapportée par madame d'Épinai.

terai mes fautes durant le peu de temps qui me reste à passer près de vous? En faisant ce que nul autre ne fera après moi : en vous disant sincèrement ce qu'on pense de vous dans le monde et les brèches que vous avez à réparer dans votre réputation. Malgré tous les prétendus amis qui vous entourent, quand vous m'aurez vu partir, vous pourrez dire adieu à la vérité : vous ne trouverez plus personne qui vous la dise. »

N° 5. *Troisième lettre de madame d'Épinai, en réponse à la précédente.*

« Sans doute vous avez des preuves incontestables de ce que vous osez m'écrire, car il ne suffit pas du soupçon pour accuser une amie de dix ans. Vous me faites pitié, Rousseau. Si je ne vous croyais pas fou, ou sur le point de l'être; je vous jure que je ne me donnerais pas la peine de vous répondre, et je ne vous reverrais de ma vie.

» Vous voyez bien que votre lettre ne peut pas m'offenser. Elle ne saurait me convenir, elle ne m'approche seulement pas. Il ne vous faudra pas de grands efforts pour vous avouer que vous ne pensez pas un mot de toutes ces infamies. Je suis cependant bien aise de vous dire que cette extravagance ne vous réussira pas avec moi. Si vous êtes d'humeur à changer de ton, et à réparer l'injure que vous me faites, vous pourrez venir à cette

N° 3. *Troisième lettre de madame d'Épinai.*

« Je n'entendais pas votre lettre de ce matin : je vous l'ai dit parce que cela était. J'entends celle de ce soir ; n'ayez pas peur que j'y réponde jamais ; je suis trop pressée de l'oublier ; et quoique vous me fassiez pitié, je n'ai pu me défendre de l'amertume dont elle me remplit l'ame. Moi ! user de ruses, de finesses avec vous ! Moi ! accusée de la plus noire des infamies ! Adieu, je regrette que vous ayez le.... Adieu, je ne sais ce que je dis..... Adieu, je serai bien pressée de vous pardonner. Vous viendrez quand vous voudrez : vous serez reçu mieux que ne l'exigeraient vos soupçons. Dispensez-vous seulement de vous mettre en peine de ma réputation. Peu m'importe celle qu'on me donne, ma conduite est bonne et cela me suffit. Au surplus, j'ignorais absolument ce qui est arrivé aux deux personnes qui me sont aussi chères qu'à vous. »

OBSERVATIONS.

En comparant cette version à l'autre, on y verra des différences assez notables quant aux expressions. Mais l'avantage reste toujours à madame d'Épinai et Rousseau serait bien mal-adroit d'avoir fait des changemens qui ne pouvaient que lui nuire et mettre tous les procédés du côté de l'auteur des mémoires. Remarquons avec quelle adresse madame d'Épinai glisse sur sa réputation dans la lettre destinée

condition, mais ce n'est qu'avec elle que je vous recevrai. Gardez-vous de me parler de ma prétendue réputation ; loin de me donner par là ce que vous appelez une marque d'amitié, donnez m'en une du respect et de l'estime que vous me devez, en ne me tenant que des propos que je puisse me permettre d'entendre. Sachez, au reste, que peu m'importe la réputation qu'on me donne : ma conduite est bonne et cela me suffit. Je vous délierai, quand il vous plaira, sur mes secrets, pour peu qu'ils vous coûtent à garder. Vous saurez, mieux que personne, que je n'en ai point qui ne me fissent honneur à divulguer. »

à Jean-Jacques, et comme elle s'y arrête dans celle qui ne devait être vue que de Grimm! *Gardez-vous de me parler de ma prétendue réputation*, dit-elle pour ce dernier seul; *donnez-moi une marque de respect et de l'estime que vous me devez en ne me tenant que des propos que je puisse me permettre d'entendre*. Cette *prétendue réputation* n'était que trop *réelle* aux yeux de Jean-Jacques qui avait introduit Grimm chez elle; mais il importait de laisser croire à celui-ci que l'on savait reprendre sa dignité et qu'on avait le droit de s'exprimer ainsi. Il fallait aussi persuader à *Grimm* qu'on pouvait sans risque permettre à *Rousseau* d'être indiscret; et bien se garder d'accorder cette permission. Aussi n'est-il pas question de secrets dans la lettre envoyée à *Jean-Jacques*: en revanche on annonce à *Grimm* qu'on a écrit *vous saurez mieux que personne que je n'ai point de secrets qui ne me fissent honneur à divulguer*. Il eût été plaisant de tenir ce langage au confident de Francueil, à celui qui avait refusé d'être l'agent de la correspondance amoureuse, et qu'on savait être au fait de tout. Cependant il n'est pas moins extraordinaire de nous dire *qu'on n'a point de secrets dont la publicité ne fît honneur*, après les confidences qui précèdent cette déclaration (1). L'honneur est bon là, vraiment!

(1) Une des plus singulières est le récit de sa passion pour

La lettre adressée à Grimm eût donc fourni des armes puissantes à Jean-Jacques qui, ne pouvant atténuer les torts de madame d'Épinai, a conservé et transmis celle qu'il avait reçue. Celle-ci, du reste, est conservée en original, et nous rappelons ce que nous avons fait remarquer, que le récit de cette époque est fait d'après les lettres déposées entre les mains de M. Dupeyron.

Francueil, au moment où celui-ci aimait madame de Versel qu'il avait accompagnée à la terre de madame d'Houdetot. N'y pouvant plus tenir, madame d'Épinai prie son *mari* de l'y conduire et l'obtient facilement. *M. d'Épinai*, raconte-t-elle, *m'a priée, m'a sollicitée, conjurée de revivre avec lui; jamais il ne m'a tant aimée. La route a été pour moi un vrai supplice.* Se faire mener à son amant par son mari, repousser le repentir de celui-ci, le traiter durement, le tourner en ridicule et nous parler d'honneur après une telle confidence, c'est avoir de ses lecteurs une très-bonne opinion.

N° II.

Voici cet article extrait de *la Correspondance littéraire* (tom. V, Ire. part., pag. 335, octobre 1766) : « J'ai été intimement lié avec M. *Rousseau*, pendant plus de huit ans, et je le connais peut-être trop bien, pour ne me point récuser quand il s'agit d'un jugement de rigueur sur ses faits et gestes. Il y a *tout juste neuf ans* que je me crus obligé de rompre avec lui tout commerce, quoique je n'eusse aucun reproche à lui faire qui fût relatif à moi, et qu'à son tour il ne m'eût fait aucun reproche durant tout le temps de notre liaison. *Vraisemblablement* la probité et la justice ne me laissaient pas le choix entre une rupture et le parti vil de trahir la vérité et de déguiser mes sentimens d'une manière déshonnête, et dans une occasion décisive dont M. *Rousseau* m'avait constitué le juge fort mal à propos, mais dont je pouvais juger avec d'autant plus de sécurité que le procès m'était absolument étranger. J'ai toujours pensé que c'est manquer essentiellement et impardonnablement à un homme, que d'oser lui confier des sentimens révoltans, dans l'espérance qu'il pourra les approuver, les écouter du moins et les passer sous silence. C'est dire à son ami : je me flatte que vous n'avez au fond ni honneur, ni délicatesse, et je ne connais point d'offense plus grave ».

Il y a dans ce langage une perfidie remarquable. On dénonce une action basse, vile, sans la spécifier. Pour rendre l'accusation plus vraisemblable, on annonce qu'on est étranger à cette action; qu'on n'était point l'objet de l'injure, et qu'on n'a personnellement aucun reproche à faire au coupable dans cette occasion : conséquemment nul autre intérêt que celui de la justice et de la vérité. Ces précautions oratoires sont évidemment prises pour inspirer plus de confiance. Mais, au fait, de quoi s'agit-il? On n'en sait rien et l'on n'en pourrait rien savoir, si M. *Grimm* ne donnait, par inadvertance, une date précise qui rend les recherches faciles, promptes et sûres. En effet, il suffit d'apprendre ce qui se passa entre *Grimm* et *Rousseau*, au mois d'octobre 1757, puisqu'il y a, suivant le premier, *tout juste neuf ans* au mois d'octobre 1766, que le second a commis une *action vile et basse*. Nous commençons par chercher ce mois d'octobre 1757 dans la *Correspondance littéraire*, bien certain de ne rien trouver, puisqu'on ne veut pas désigner le délit, mais pour l'acquit de notre conscience. Alors nous consultons les Mémoires contemporains; c'est-à-dire ceux de madame d'Épinai et les Confessions de Jean-Jacques (deux auteurs qu'on n'accusera point de s'être concertés), et nous trouvons et la date précise et la cause de la rupture; conséquemment nous acquérons la connaissance du délit. Il s'agit du voyage que devait faire à Genève madame d'Épinai; voyage qui avait un *motif secret connu de toute sa maison*. Les amis de Jean-Jacques prétendent qu'il doit l'accompagner et le pressent. Diderot se met en avant et lui en fait une obligation. Rousseau, mal portant lui-même, exigeait des soins et ne pouvait en rendre à un malade. Dans cette circonstance il consulte Grimm, le prend pour arbitre et lui déclare qu'il se conformera à son avis. Sa lettre, qui est conservée, est datée du 19 octobre 1757. « La réponse (dit Jean-Jacques, Confessions, liv. IX) n'était que de sept ou huit lignes que je n'achevai pas de lire. C'était une rupture, mais dans des termes tels que la plus infernale haine les peut dicter. Il me défendait sa présence comme il m'aurait défendu ses états. Sans la transcrire, sans même en achever la lecture, je la lui renvoyai sur-le-champ avec celle-ci : *J'achève trop tard de vous connaître. Voilà donc la lettre que vous vous êtes donné le loisir de méditer! Je vous la renvoie : elle n'est pas pour moi. Vous pouvez me haïr ouvertement et montrer la mienne à toute la terre; ce sera de votre part une fausseté de moins* ».

La lettre de *Grimm* n'était, au dire de Rousseau, que de sept ou huit lignes. Il est fâcheux que celui-ci la lui ait renvoyée, parce que celle que madame d'Épinai a transcrite dans ses Mémoires, étant beaucoup plus longue et en des termes moins outrageans, il est permis de croire que ce n'est pas le même. Grimm ayant survécu pendant vingt-neuf ans à Jean-Jacques, et vu publier ses Confessions, a pu l'arranger comme il convenait à ses intérêts. Le peu de rapport entre cette lettre et l'analyse qu'en donne Rousseau autorise cette conjecture.

Du reste cette circonstance est étrangère au fait qu'il fallait connaître. Rousseau devait-il accompagner madame d'Épinai à Genève? En ne le faisant pas, a-t-il commis une action qui mérite non-seulement le blâme, mais les qualifications les plus odieuses?

Telle est la question. La lecture du neuvième livre des Confessions, des Mémoires de madame d'Épinai, de la lettre de Jean-Jacques à Grimm, en date du 19 octobre 1757, suffit pour la résoudre. Nous devions indiquer le *délit*, l'objet de l'accusation. Nous avons rempli notre tâche.

Nous avons exposé les probabilités qui nous disposaient à croire, après un mûr examen, que Grimm avait pu mettre beaucoup du sien dans les matériaux qui ont servi à faire les Mémoires de madame d'Épinai. Les principaux motifs sont les erreurs *indifférentes* dans lesquelles tombe celle-ci et qu'elle aurait évitées puisqu'elle n'avait aucun intérêt à les commettre. Tel est, dans les partages de famille qu'elle donne en détail, l'oubli d'une sœur et d'une portion de douze à quinze cent mille francs, etc.

Nous ne nous dissimulons pas une contradiction dans cette opinion, mais elle n'est qu'apparente. Nous avons prétendu que Grimm avait intérêt de laisser paraître de son vivant ces Mémoires qu'il était maître de publier, et nous nous sommes demandés pourquoi il ne l'avait pas fait, sans résoudre la question. Si les Mémoires sont de madame d'Épinai, Grimm n'avait aucune raison de les soustraire; mais s'il en est l'auteur principal, sa position change. Comme il est le héros, il fallait que madame d'Épinai fût l'historienne. Il fallait *prouver* qu'elle l'était : il fallait que les faits ne pussent être contestés. Madame d'Épinai étant morte en 1783, si l'on publiait ses Mémoires en 1784, on en démontrait l'authenticité par le témoignage des contemporains dont une partie existait encore : tandis qu'en 1818 tous les acteurs ont disparu.

En supposant donc que Grimm eût disposé les Mémoires tels qu'ils sont, il aurait fait tout ce qu'il devait faire dans son intérêt. Ne pouvant prouver qu'ils étaient de madame d'Épinai, parce que Saint-Lambert, madame d'Houdetot, M. d'Houdetot, madame d'Holbach, et d'autres personnes qui connaissaient une partie de la vérité, étaient là; il était nécessaire d'attendre, de laisser les Mémoires en porte-feuille, de prescrire de ne les imprimer qu'après la disparition de ceux qui pouvaient éclairer les faits. Pour faire croire qu'il n'y avait pas *touché*, qu'il était *étranger à la rédaction* de ces Mémoires, Grimm en parle avec indifférence, presque avec dédain dans sa Correspondance. C'est encore ce qu'il fallait faire dans cette hypothèse. Ce ne sont que des conjectures, mais nous donnons pour *telles* ces observations, sur un *fait* qu'on ne peut plus vérifier. Tout cela n'empêche pas l'abréviation faite par l'éditeur.

Terminons l'article de Grimm en rapportant l'opinion d'un auteur par lequel il nous paraît jugé comme il mérite de l'être. « Grimm, dit M. Auger, s'applique, avant d'avoir aucun grief contre Rousseau, à le ruiner dans l'esprit de madame d'Épinai, à la lui peindre comme un homme insociable et dangereux. Rousseau, traité avec moins d'égards, se plaint, se fâche, s'aigrit et finit par avoir des torts. Madame d'Épinai ne manque pas alors d'admirer la profonde pénétration de Grimm qui lui avait prédit toutes ces choses. Cette profonde pénétration n'était qu'une profonde astuce. Grimm, s'il faut que je dise nettement ce que j'en pense, appartenait à cette classe d'hommes qui font métier de s'impatroniser dans les bonnes maisons, en écartant tous ceux des anciens amis qui leur font ombrage, et n'y admettant que des complaisans ou des sots sans conséquence. C'est particulièrement aux femmes que s'adressent les hommes de cette espèce. S'ils en rencontrent quelques-unes d'un caractère un peu faible et d'une ame un peu susceptible d'exaltation, ils la subjuguent sans peine, en feignant pour elle un dévouement sans bornes, en affectant jusqu'au courage de lui déplaire quand il s'agit de servir ses intérêts. Grimm était tout propre à ce rôle. Il avait un certain mélange de patelinage et de despotisme auquel il était difficile qu'une femme résistât. Il se piquait d'allier le cœur le plus tendre au caractère le plus ferme; les affections les plus douces, aux principes les plus sévères. Il voulait souvent passer pour un héros d'amour et d'amitié ».

On se rappelle cette singulière maladie, produite par les rigueurs de mademoiselle Fel, et pendant laquelle il resta couché, muet, n'ouvrant la bouche que pour avaler des cerises à l'eau-de-vie, regardant fixement, paraissant insensible et léthargique. Il était veillé par Jean-Jacques et Raynal. *Senac* vint, examina le prétendu malade, ne dit mot et sortit en riant et sans rien prescrire. Au bout de trois jours Grimm se leve et reprend ses occupations sans qu'il soit question de cette *farce amoureuse* si bien décrite par Rousseau. Faisons observer que Raynal n'est mort qu'en 1796; que la deuxième partie des Confessions ayant paru en 1788, Grimm pouvait faire expliquer Raynal sur ce fait s'il n'eût pas été exact. Il ne l'a point fait; il a gardé le silence. Rappelons que M. Ginguené, en 1791, dans ses *Lettres sur les Confessions*, provoque une explication de Grimm à deux reprises différentes : *C'est à lui de se juger d'abord*, dit-il, ensuite de se défendre. Même silence : Grimm est muet, et je répète qu'il s'est tû parce qu'il n'avait rien à dire. Pour bien juger de la véracité de *Jean-Jacques* sur le compte de Grimm, on peut consulter les amis de ce dernier, et qui ne l'étaient pas de l'autre. Je citerai *Galiani* qui traite assez mal *Rousseau,* dont il ne goûtait pas les ouvrages, et qu'il n'a connu du reste que par ses liaisons intimes avec madame d'Épinai, Diderot, d'Holbach, et à l'époque où ils avaient cessé d'être les amis de Jean-Jacques. Celui-ci se moque des grands airs et de l'impertinence de Grimm. Faisons un rapprochement entre ce langage et celui de *Galiani* sur ce même *Grimm, son intime ami.*

Grimm, qui savait fort bien faire sa cour, était devenu baron allemand. Galiani lui écrivit en 1772; et après s'être servi dérisoirement du protocole M. *le Baron,* il lui dit : « Le Cholsra-morbue est un effet des souffrances que vous avez occasionnées à votre bas-ventre par des révérences multipliées et excessives. Réformez-les donc et venez à Naples apprendre l'impolitesse ». Il termine cette lettre par ces mots : « *Contez cela au vrai baron* ». Il s'agissait du baron de Gleicher, d'une noblesse moins fraîche que celle de Grimm. Dans d'autres lettres adressées à madame d'Épinai, Galiani se plaint du silence de son ami, du changement qu'il remarque en lui. Il la prie *de chercher un nom pour distinguer Grimm du véritable baron.* Tout cela n'était pas propre à plaire à un nouveau baron. *Voyez* les Lettres de Galiani, édition de Dentu.

N° III.

Pour ne laisser aucun doute sur la réputation dont a toujours joui *Duclos*, nous nous faisons un devoir de mettre sous les yeux des lecteurs l'extrait de l'article que lui a consacré, dans la *Biographie universelle*, un académicien aussi connu par l'impartialité de ses jugemens, que par l'élégance avec laquelle il les exprime. Il est impossible de réunir avec plus de talent et de précision tout ce qu'il importe de savoir, et de mieux peindre l'écrivain qu'on veut faire connaître.

« *Duclos* mit le sceau à sa réputation en publiant les *Considérations sur les mœurs*. Louis XV, dit de ce livre : *c'est l'Ouvrage d'un honnête homme*. Il aurait pu ajouter, et d'un homme de beaucoup d'esprit.... Il ne voulut pas qu'entre ses mains, la place d'historiographe de France, ne fût qu'un vain titre, et il composa les *Mémoires des règnes secrets de Louis XIV et de Louis XV*, lesquels n'ont été imprimés que depuis la révolution.... En 1739, il fut reçu à l'académie des inscriptions et belles-lettres; et en 1747, à l'académie française, dont il devint le secrétaire perpétuel. En plusieurs occasions, il soutint avec courage les prérogatives et l'honneur de sa compagnie, soit en repoussant les atteintes que des grands seigneurs voulaient porter à l'égalité académique, soit en dirigeant les choix de manière à admettre le mérite et à écarter la médiocrité ou la bassesse..... Il obtint, comme citoyen, au moins autant de distinctions que comme écrivain. Ses concitoyens, dont il prenait en tout les intérêts avec son zèle accoutumé, le firent maire de leur ville, en 1744, quoiqu'il résidât à Paris. Il fut ensuite député du tiers aux états de Bretagne, et sur la demande de cette assemblée, le roi lui accorda des lettres d'annoblissement. Son caractère était à la fois estimable et singulier. Il portait, dans la société, un ton de brusquerie et de domination qui lui faisait d'assez nombreux ennemis. Il est vrai que les louanges, dans sa bouche, avaient d'autant plus de grace qu'elles y étaient plus rarement placées.... On voulut une fois indisposer Louis XV contre la liberté de ses discours; ce monarque, qui l'estimait, dit : *oh! pour Duclos, il a son franc parler!* Il savait contenir cette liberté dans les bornes d'une sage circonspection. Attaché aux véritables philosophes et faisant cause commune avec eux, il déployait toute l'énergie de son indignation et de son mépris contre ceux qui, déshonorant ce titre respectable, attaquaient les vérités et même les préjugés nécessaires au maintien de la société. Sa causticité n'était pas cette moquerie à la fois légère et cruelle d'un homme qui s'amuse et veut amuser les autres des travers qu'il a saisis; c'était presque toujours l'expression soudaine et énergique de l'indignation qu'excitaient en lui le vice et la bassesse. On a souvent cité son mot sur les hommes puissans qui n'aiment pas les gens de lettres, *ils nous craignent comme les voleurs craignent les réverbères :* et cet autre, *un tel est un sot, c'est lui qui le dit, c'est moi qui le prouve.* Il aimait beaucoup les anecdotes, les racontait bien, et se plaignait de ceux qui les répétaient mal. *On me gâte mes bonnes histoires,* disait-il. Né en 1704 à Dinan en Bretagne, il mourut à Paris en 1772. »

Long-temps auparavant, en 1791, M. Ginguené (lettres sur les Confessions), s'était exprimé ainsi : « Duclos, l'un des hommes de lettres les plus justement honorés de ce siècle, moins par une grande supériorité de talens, que par une austère et inflexible probité, Duclos à qui Rousseau écrivait : *mon cher ami, comment faites-vous pour penser, être honnête homme et ne pas vous faire pendre.* »

FIN.

www.ingramcontent.com/pod-product-compliance
Ingram Content Group UK Ltd.
Pitfield, Milton Keynes, MK11 3LW, UK
UKHW021102260726
13994UKWH00002B/665